U0675265

花·春啜

戚学慧 著

作家出版社

同心
学鸾作
契卯冬日

啜茗咀华

戚学慧

　　1958年2月出生。斋号：修筠斋。北京大学哲学系（佛教文化）研究生毕业。中国国家博物馆原展览策划与美术工作部主任。中国美术家协会会员，文化和旅游部老干部书画学会副会长，中国书画收藏家协会竹艺术专业委员会主任。中国茶叶博物馆理事会理事。戚学慧是资深茶人，2008年9月取得国家一级茶艺技师证书，2009年12月取得国家一级评茶师证书。1990年赴日本文化交流期间考察日本茶道；1993年赴中国台湾考察乌龙茶；三十年来走遍祖国茗山名泉，以茶会友，深得茶中禅味。戚学慧在文博系统工作四十余年，善于画竹，其作品被中国国家博物馆和2008年北京奥运会组委会等单位收藏，并在中国国家博物馆、恭王府博物馆、中国茶叶博物馆、雅昌艺术中心、李自健美术馆和邯郸阳光美术馆等多地举办个人展览，出版《学慧画竹》《一枝一叶总关情》《庚子春一日一茶》等著作。在中国国家博物馆工作期间，具体参与策划举办了国内外两百余个重要展览。

　　微博、微信名称：自在三吾。

荣安集萃
辛卯 王振山书之

茶，为人类文明发展做出重大贡献。

品茶（喝茶）是修身养性之道，是茶文化的根本和初衷。中华民族自古就把品茶和修行结合在一起，茶为国饮，讲究精行俭德，茶融天地人于一体，一杯清茶悟人生。

壬寅虎年（2022）春月，观春花，画修竹，品香茗，不屑疫情冷寂无常，掇菁撷华，静守其心，著书《花·春啜》。在书中精心展现春花三十余种，名茶近百余种，结集赏啜，呈现给读者。

宗白华讲："美不但是不以我们的意志为转移的客观存在，反过来，它影响着我们，教育着我们，提高生活的境界和意趣。"书中描述在春天姹紫嫣红的季节，与花共啜，随心妙美，一花一茶，意趣升华，尽显热爱生活之本色。通过潜心啜茗，潜移默化地阐述茶理精要，倡导"喝健康茶，健康喝茶"的理念，用茶实践和茶文化来提高生活品质与境界。

春日赏春，最宜花与茶二事矣。是日闲，独守茶间，游于花海，暗香浮动，清雅幽静，唯花、茶、人三者耳。

见迎春微黄，闻龙井渐香。岭间闲步，风沁微寒，偶见邻女忙采撷，满眼芬芳。耳畔斑鸠咕咕，髻顶细雨绵绵，沾衣点点，烟墨尽处，竹笛悠悠。

访杏花疏影，品雀舌报春。初日当头，屋影阑珊，与友对酌抒胸臆，唇齿留香。席外鹧声阵阵，池上碧苔点点，临水照影，恍若少年，忆想绵绵。

观金凤盈盈，赏水仙舒卷。幽谷岩上，溪水涓涓，独烹自饮万般空，眉目尽展。江心双鹭亭亭，云际白鹇袅袅，云雾氤氲，醉倚凭栏，天地旷旷。

妙哉！茶时无时，花香伴；花期无期，茶韵长。茶采四季，花开四方；四季有花，四方有茶。茶花有相亦无相，拈花一笑，自在般若。

春光日暖，酌于陋室，水沸升腾，缘法自然。忽有暗香袭来，是谓何物？

席边二月兰，似柔似刚，满坡斜上浮，风来紫气寒。盏内碧波荡，兰香润喉膛。此兰乎？彼兰乎？有兰兮，无兰兮。品茗止语，和光同尘。

庭前红海棠，幽姿淑态，彤云曙霞密，子子细雨中。碗转麴尘花，雪乳搜枯肠。蛰虫惊，肌骨清，乘风去，自逍遥。对竹孤吟，与世无争。

院中郁金香，丝绒虹裳，鹤啼斜阳长，傲立林梢旁。杯壁残昔归，馥郁惹销魂。繁霜月，素瓷雪，琼浆尽，尘心散。青瓦钟鸣，得大自在。

呜呼！石涧泠泠水，辟芷幽幽香。天边鱼肚白，街角踯躅红。自呷草中英，百花芬芳溢，道是不知春，却解香之意。谓茶矣，以花名之，曰茉莉，曰玫瑰，曰百合，又曰桂花、菊花、金银花，是故茶即花，花即茶；茶非花，花非茶，乐享其中。啜茶也，以花赞之，曰兰花香，曰金银花香，曰栀子花香，又曰荷香、樟香、肉桂香，如沐春风。执杯起，执杯落，似花谢花开，念春去春来。赏花，品茗，啜英咀华，掇菁撷华，花花世界，自有所为。

寻常日，车水马龙，灯红酒绿，思浮生万千，想世事繁华，人心焦灼，冷暖无常。唯"拈花一笑"，笑出世间繁杂事。一花中有三千大世界，一拈中现菩提大道，一笑中生出无限禅机。

壬寅虎年春，学慧静看疫情冷暖无常，画竹品茶，赏花听雨，行乐其中。学慧心妙慈悲，伴美花佳茗，乃真大茶人也。一花一世界，一茶一人间。茶花无相，尽在书中。览毕掩卷，感慨不已。略记数言为序。

张栢

2024 年 2 月 2 日

花，展万木百草靓丽，生生不息自流芳。

花，寄之人情，得之礼仪，行之仁义，归之和谐。

花，万物精华，敬天地人，供于庙寺，常住四季。

花是美的代表。赏花是人的行为，是一种艺术，是一种文化活动。赏花既是物质的，也是精神的。赏花可在山川田野、江河湖泊，可在花园宅院，也可通过园艺插花对花枝的线条、颜色、形态和质感等，按照自己的审美和意愿进行再创造，来追求和表达人与花共同的"精、气、神"，达到人与花和合之境界。

世间繁花似锦，色彩斑斓，百花百意，人往往寄情其上，传达美的意义。如：梅花代表高洁、坚毅不畏寒的精神；兰花幽雅，不以人的存在而自香；牡丹富贵雍容，天生丽质，舍命不舍花；桃花妖媚夺目，美艳百花园……

花与茶有不解之缘，茶人赏花品茗，古时有之，今时亦胜。古代文人有四雅：焚香、品茗、插花、挂画。四雅代表美的意境，四雅中唯茶是饮，由此可见茶之重要性。若三五好友相约茶室，其间摆放一枝或数枝花草，烹泉啜茗，美哉美哉，天下之乐，莫乎于是。若茶者，游于花丛之间，各领风骚，品茗闻香，优哉游哉，天下之美，莫乎于是。

茶境不二，以美为善。品茗赏花，花香茶味一如，或茶室之中，或自然之中，茶人求之"茶境"是也。

学慧这本书主要写游于生活周边，不远行，于自然山园赏壬寅春花，赏花品茗，乐此不疲，唯茶是修，著书取名《花·春啜》。

春强

2024 年 3 月 18 日

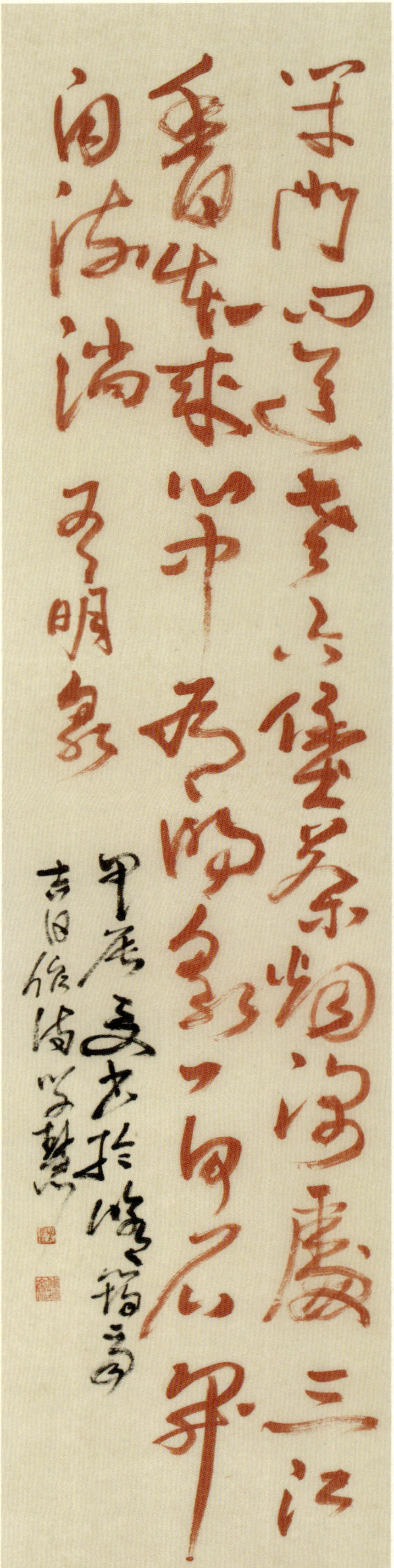

洋門口遠去春六佳茶煙波海處三江
香山如來心中天所陶寫自有石舟
自海滿玉明彩

甲辰長夏於松陰福寓
吉旦傅以熹

茶，这片源自大自然的叶子，承载着千年的文化传承，与禅意相融，演绎着茶禅一味的深邃境界。

在悠悠时光中，茶与禅结下了不解之缘。茶的清香与宁静，禅的空灵与超越，在茶香袅袅中交织成一幅宁静致远的画卷。

茶，是一种生活的艺术。从采摘到冲泡，每一个环节都蕴含着对自然的敬畏与感恩。品味一杯好茶，仿佛走进了大自然的怀抱，感受着山川的气息和雨露的滋润。在这一刻，我们忘却了尘世的喧嚣与纷扰，心境变得宁静而平和。正可谓"茶品禅中味，水清根上尘"。

禅，是一种内心的修行。它教导我们超越世俗的束缚，追求内心的平静与觉悟。在禅的世界里，我们学会放下执着与烦恼，以一颗平常心去面对生活的起起落落。

茶禅一味，是茶与禅的完美融合。它不仅是一种饮品，更是一种境界。

从佛家的角度来看，茶禅一味体现了对生命的深刻领悟。佛教强调通过修行实现内心的平静和解脱。而茶禅一味则是通过品茶的过程，让我们感悟到生命的短暂与无常，从而更加珍惜当下的每一刻。

在茶禅一味中，我们还能品味到诗意。古往今来，无数文人墨客以茶为媒，抒发着对生活的感悟和对禅意的追求。他们用优美的诗词，将茶禅一味的意境展现得淋漓尽致。

"闲观叶落地，静品一杯茶。"这句诗描绘了一种悠然自得的心境，让人在品茶的同时，感受到大自然的和谐与宁静。

"茶禅一味心自在，云卷云舒意悠然。"这句诗则表达了在茶禅一味中追求内心自由与超脱的境界。

茶禅一味，是一种生活态度，也是一种精神追求。它让我们在繁忙的生活中找到一片宁静的港湾，让我们在浮躁的世界中保持一颗平静的心。

让我们品味这杯清香的茶，感悟茶禅一味的真谛，让心灵在茶香与禅意中得到洗礼与滋养。

张琳

2023 年 12 月

茶，一片香叶，茗饮妙趣。茶，一味中药，不可过多饮。茶，来源于生活，融于文化艺术，汇于儒释道。若从佛家之事而论，茶道（茶理、茶法）可概括为四义：茶道心法；吃茶去；禅茶一味；茶本无味。四者密不可分，前后承接，圆融无碍，缺一不可。茶道心法就是一切从善出发，善用其心，善待一切，这是茶道的发心和出发点，始终贯穿茶道的全过程。"吃茶去"是说茶为"喝"，就是"喝喝看"，就是知行合一地去实践，少说多做，当下修行去。茶禅一味即通过"喝"和实修达到茶禅不二的境地，如是法门，以茶修养，增长智慧。茶本无味是茶修最高境界，去我执，去茶执，去茶法执，去等等执，以茶修道，证得菩提。

一、茶道心法：一切从善出发，善用其心，善待一切

净慧法师如是茶禅开示，拨云见日，铭记在心，明了茶道（茶禅）心法之理。净慧法师开示精要：一是时时处处善用其心，善待一切，人们（茶人）才能和谐地在一块生活。二是善用其心，善待一切，包括方方面面的每件事、每一项工作，都要有此用心，才能够自利利他。三是善用其心就是大智慧，善待一切就是大慈悲。大智慧大慈悲就是觉悟人生，奉献人生。法法圆融，法法无碍……自身才能够发展进步。

茶禅生活也是吃茶生活，是"生活禅"的重要组成部分，善用其心、善待一切就是茶禅生活的宗旨。其目的是通过茶禅生活觉悟自己，奉献大家，从而用这一理念求得茶禅生活的和谐共存。修十善，断十恶，使得三业清净。把慈悲的理念运用到茶禅生活中去，杯杯潜心修行，是茶禅的大智慧，是茶禅的大慈悲。没有慈悲心就不可能善待一切，没有智慧就不可能善用其心，用智慧把慈善心纳入茶人自身素质修养中来，和谐自他，茶禅修养，茶禅圆融，和合无碍。

二、吃茶去

既得茶缘，方晓茶道。茶道之本在饮，鉴者百家百言，皆不如从谂禅师的"吃茶去"。赵朴初老有诗："七碗受至味，一壶得真趣。空持百千偈，不如吃茶去。"然世人多空有言辞，无身体力行，难通心性。当下修禅去，一心一意吃茶，乃真实修行，才能觉悟人生。

茶文化是吃茶的文化，吃茶又叫喝茶，俗家"喝"与"吃"通用，佛家讲吃茶还有禅修特定的意义。把茶吃下去是产生茶文化的前提条件，

否则就是无病呻吟，茶文化就成了"无本之木"，故吃茶即根本道。茶融于人的生活之中，茶融于琴棋书画等艺术之中，茶融于儒、释、道之中。

"喝喝看"是评鉴茶有效的方法，百茶百说，最直接的方法是"喝喝看"。茶怕喝，两款茶比着喝就更容易明了。"喝喝看"与"吃茶去"其意相同。喝茶是实践，当下要去做，亲身真试，喝才是硬道理，除此外别无他法。

三、禅茶一味

"茶禅"是借茶修禅定的方便之门，坐禅以茶驱睡魔，禅之心悟与茶之灵芽融通；"一味"是禅心与茶味相通无碍，即"茶禅一味"。禅度：止观双运名禅，亦名静虑定。寂静其心，以免散乱。生智慧生定力。慧度：般若也，谓通达诸法体性本空之智，断除烦恼证得真性之慧，是最高的智慧。星云大师《六祖坛经讲话·坐禅品》："禅定者，外在无住无染的活用是禅，心内清楚明了的安住是定，所谓外禅内定，就是禅定一如。对外，面对五欲六尘、世间生死诸相能不动心，就是禅；对内，心里面了无贪爱染着，就是定。参究禅定，那就如暗室放光了！""禅茶一味"是借茶说禅和借禅喻茶的理念。"禅茶"一般指佛家用茶，或是寺院僧人种植采制饮用的茶，主要用于供佛、缘客（茶布施）、自饮（禅坐修行）等。故茶有三境：喝茶，茶香四溢；喝茶，喝遍大江南北，自遇"人不找茶茶找人"之奇；喝茶，茶悦心如春雨，满获幸福感。又曰：吃茶，喝喝看；吃茶，禅之味；吃茶，茶禅一味。茶即是禅，禅即是茶。茶禅和禅茶不二。

四、茶本无味

"茶本无味"根本义在"空观"。以禅茶奉人就要行禅定意，其核心就是放下执着。

世界上万事万物都是因缘和合而生，相对的绝对，绝对的相对，万物并无自性，故说其为空，即真空妙有。故《心经》说"色即是空，空即是色"。如茶，乃因缘和合而生，水土因缘，树种因缘，人采之制之品之等和合因缘，没有自性，其名曰茶。茶有味、有香、有色，真实存在不虚。茶有味亦无味，茶有香亦无香，茶色、茶香、茶味本无常，即茶无常，茶禅无常。"未曾有一法，不从因缘生，是故一切法，无不是空者。""诸法不自生，亦不自他生，不共不无因，是故知无生。""以有空义故，一切法得成，若无空义者，一切法不成。"是故，茶之色香味都是空性缘起和表征。如香、花、灯、果、乐、水等一样皆无自性。皆无自性，为般若空，乃"茶本无味"本意，曰"茶道空观论"。从根本意义上讲，"苦"在于有我执，有人我执，有法我执。"吃茶"的"苦"在于有我执，有我人执，有茶执，有茶法我执。去一切执，才能"照见五蕴皆空"，"度一切苦厄"。茶禅修行是从茶色香味中解脱出来，从而定中得甘露，拿起放下，常乐我净，自能明茶禅一味的悟，得茶禅一味的自在。

五、知止是喝茶人保命良方

朱熹《大学章句集注》曰："止者，所当止之地，即至善之所在也。知之，则志有定向。"止于至善，在于止后定，定后静，静能知足，之后方能做到适可而止。知止是茶人的最高境界，茶福不可尽享，适量为根本，否则物极必反，反而伤身伤神。故，知止是喝茶人保命良药。得智慧方能落实知止。知止，能止，才能减少痛苦烦恼。老子说："知足不辱，知止不殆，可以长久。"茶人要时常反省自己拥有的"杯中茶"已达几分，知足常乐，止于适量。茶人德行全在敬茶节水之中，常饮茶，未必日日饮，饮茶"越多越好"之说是不止之为，乃饮食之大忌。清代学者李密庵《半半歌》："看破浮生过半，半之受用无边。半中岁月尽幽闲，半里乾坤宽展。半郭半乡村舍，半山半水田园。半耕半读半径廛，半士半民姻眷。半雅半粗器具，半华半实庭轩。衾裳半素半轻鲜，肴馔半丰半俭。童仆半能半拙，妻儿半朴半贤。心情半佛半神仙，姓字半藏半显。一半还之天地，让将一半人间。半思后代与沧田，半想阎罗怎见。酒饮半酣正好，花开半时偏妍。帆张半扇免翻颠，马放半缰稳便。半少却饶滋味，半多反厌纠缠。百年苦乐半相参，会占便宜只半。"其句句含"半"，包含着深刻的人生哲理，发人深思。世间饮食等皆有量度，如说饮茶适度就是"半"，过度就是"溢"。每个人身体体质和条件不同，饮食习惯不同而造成饮食"福报"不同，但人的一生饮食总量都是一定的，能吃多少、能喝多少都是一定的，所以说饮茶与世间美味佳肴一样都是有一定量的，过早享尽，之后老天也会让你止口禁食的，即见美味而不能食，见佳茗而不能饮。饮茶过多则添痛厄，肠胃常常寒痛，甚至伤及五脏六腑，寿福不增，其苦不堪言，痛者自知。总而言之，茶说知止就是止于饮茶适度，不浓不溢，止于自身"善量"，乃茶之中道。

六、茶道之道

1. "茶道"二字最早出现在唐代皎然《饮茶歌诮崔石使君》诗中，全诗如下：

越人遗我剡溪茗，采得金牙爨金鼎。素瓷雪色缥沫香，何似诸仙琼蕊浆。一饮涤昏寐，情来朗爽满天地。再饮清我神，忽如飞雨洒轻尘。三饮便得道，何须苦心破烦恼。此物清高世莫知，世人饮酒多自欺。愁看毕卓瓮间夜，笑向陶潜篱下时。崔侯啜之意不已，狂歌一曲惊人耳。孰知茶道全尔真，唯有丹丘得如此。

译文：越人送给我剡溪的好茶，把采摘下的茶芽放在金鼎里烹煮。素瓷碗里雪白色的茶汤飘着香气，似如仙人的琼树蕊浆。一饮洗去昏寐，感到天地气爽朗朗。再饮让我神清明，就像忽降飞雨飘洒压轻尘。三饮便能得道了，又何必苦心求他法破烦恼呢？茶的清高一般人是不知道的，而世上喝酒人多是自己欺自己。愁看毕卓夜里盗酒醉卧酒瓮边，笑看陶渊明在东篱下酒醉的情景。崔使君狂酒奔放时，唱出惊人的狂歌。谁能知"茶道"之"全尔真"呢？只有仙人丹丘子才能悟道。

2. 羽化有三义：

昆虫蛹化成为蝶。晋代干宝《搜神记·卷一三》："木蠹生虫，羽化为蝶。"得道成仙。《南史·卷七五·隐逸传》："君当思遂其高步，成其羽化。"宋代苏轼《赤壁赋》："飘飘乎如遗世独立，羽化而登仙。"

茶道讲的"羽化"是借道家羽化之意来表明饮茶修道达到一种至高的境界。比如陶弘景《杂录》谓"苦茶轻身换骨"。还有汉代的《神异记》讲玉川子要"乘此清风欲飞去"，借茶而羽化成仙。（《食忌》）陶弘景所言"苦茶轻身换骨，昔丹丘子、黄山君服之"等等，显示了饮茶之理与道教之道关系密切，历史悠久。

3. 陆羽《茶经》曰："茶之为用，味至寒，为饮，最宜精行俭德之人。""精行"是指精益求精，"俭德"是指质朴内敛和节俭的高尚品格。讲茶性寒，属一味中草药，主消炎利水。茶，佳饮常饮益健康。茶属凉性，又不可过多饮，故只有具有"俭德"的人才能做到"知止"，适可而止，止于至善，故能饮茶久长。"精行俭德"是茶道的精要，是茶人的茶德准绳和传统美德。

"妫水茶宴"仙地，北靠燕山，南朝妫水，位居土木，西有沙城，东有延庆，西南黄帝涿鹿，东南八达岭山。山环做盆，三河连水，神游胜地，花果之园。石山秀水，古来兵场，可回眸农耕文明和游牧文明交融之变。春花染山，缤纷两岸；杏香夏日，鱼跃龙门；秋果累累，美酒佳肴；冬山积雪，止静定禅。雨大漫池潭，山间云烟似江南。雪大行路艰，一片白茫天不见。春日秋时妫水浩瀚，大雁南北人字天，时光似箭，乐而常逝，悲悯何在？不知凡事之苦乐，唯有茶饮小楼天。常闻大风呐喊，又见长水流远，北斗星转，茶山遥远，谁为知音客？唯茶是圣贤。比屋之饮，喝茶当大，吃茶来去，妫水茶宴。竹篁清室，雅集雅谈。今雨旧雨，自百里千里而来，不亦乐乎！如是，妫水有大茗茶堂矣。

陆羽（733-804）

字鸿渐，号竟陵子，唐复州竟陵〔今湖北天门〕人。一生嗜茶，精于茶道，以著世界第一部茶叶专著——《茶经》闻名于世，对中国茶叶和世界茶叶发展作出了卓越贡献，被誉为"茶仙"，奉为"茶圣"，祀为"茶神"。

Lu Yu (733-804)

Lu Yu styled Hongjian, was also known by his literary name Jing Ling Zi. He lived in the Tang Dynasty, was from Jing Ling in Fuzhou (what is now Tianmen County in Hubei Province). He had a liking for tea all his life, and was skilled in the Tea Method. He was well-known as the author of "The Classic of Tea" -the world's first monograph on tea. His contribution to the development of the tea industry in China and the world is very great, and has therefore been praised as the "Tea Immortal", revered as the "Tea Saint", and worshipped as the "Tea God".

自在三吾茶道概曰：以茶为本，以吃茶悟真理，离苦得乐获幸福人生。随茶得友，随茶得益。吾吃茶为自己，吾泡茶为他人，吾事茶为大家。

"吾"者，吾也，亦悟也，亦无也。

吾：吾吃茶为自，吾奉茶为人，吾事茶为众，发扬"我参与、我奉献、我快乐"之精神。研茶之精奥，习六茶六水，鉴茶鉴水，一心吃茶。言吾非我，庄子曰言吾丧我，去小我存天下之大吾也。

悟：悟茶之精要，体悟茶魂，传承茶文化。悟我之心，心茶合一，以心明理，人人平等，人茶平等。品茶增智慧，得觉悟。人茶合一，以心明理，人茶平等。以儒之清雅入茶，道之清静入茶，佛之和合入茶，融通茶道。

无：天地万物本无自性亦无常。无我执，无茶执，无茶法执。一是以道入茶，以茶入道，修身养性。二是以茶通礼，以茶倡俭。以茶和道，以茶静心。三是吃茶去，以平常心做本分茶事，成就大自在茶人。茶禅一味，茶不异禅，禅不异茶，茶即是禅，禅即是茶，茶禅不二，茶中有佛。无我执，即无我爱、我见、我痴。不以虚妄心吃茶，不以分别心吃茶，无心无我，以平常心吃茶。无茶执，即茶为用，茶味本真，茶本无味。若执于茶之色香味，离道则远。无心之茶，柳绿花红。无茶法执，即茶之事，自有法度，得于自在，法本无法。至佛家言，无茶法执即无色声香味触法，诸法空相，一切皆空。天地万物本无自性，缘起性空。

自在三吾茶道尊赵州禅师从谂为茶师祖。传承"吃茶去"之法，成就大自在茶人。

茶云："茶不论香，遇一回，花百川。茶不说韵，有一回，抱千山。茶不贵名，得一品，常万年。烧水点茶，一碗，一壶，一福天。"

自在三吾茶道依次第修习茶之道，把修习茶学略分为六个方面：茶之名学习；茶之水学习；茶之器学习；茶之技学习；茶之艺学习；茶之道学习。

一为茶之名学习。茶之名者，佳本香叶，其六色（六类茶等）之精，系天地人阴阳之气，本有深妙。茶是自然，茶是安慰，茶是良药。

二为茶之水学习。水为茶之母。水略分六种：地表水（江河湖水）、

自
在
三
吾
茶
道
浅
论

029

地下水（山泉水、井水）、天落水（雨雪水）、矿泉水、蒸馏水、自来水。用水之道，在真在简，真水无香，能究竟茶味。甘甜之水，增补茶味。有味之水，易杂茶味。

三为茶之器学习。器为茶之父。茶器可分为瓷器、陶器、玻璃茶具等。从健康卫生角度讲，白瓷器、玻璃器用于日常茶具为好。

四为茶之技学习。茶之技者，泡茶功夫的学习。百家争鸣，交流学习，万法归一，最终要为茶服务，进而以茶修行。

五为茶之艺学习。茶之艺者通七事七艺，承载中华优秀传统文化。茶是生活，茶是缘分，茶是文化。茶在七事（柴米油盐酱醋茶），茶通七艺（琴棋书画诗酒茶）。

自在三吾泡茶法和品茶观，看茶泡茶，茶量适度，知止为要。特点：一是讲究高温泡茶（水温不低于九十度）。泡茶四要：茶量、水量、时间和水温。自在三吾泡茶法不排斥不同温度泡不同茶，但倡导用沸水泡茶，称为高温泡茶法。二是一切程序为茶服务，要求泡茶平实简单。三是提倡平时喝淡茶。喝茶有度，淡茶最妙，其妙在养身心，淡中有香甜之味，淡中得真泉之韵，最利于健康长饮，最益精行俭德之人。四是注重茶器科学卫生。对于养壶，有人认为从阴阳五行相生相克说，茶在器上积垢为土，消化、尿液和血液等为水，土克水，则助衰老。养紫砂犹如积毒，壶生垢，则养壶不养人。玩壶与养生往往相矛盾，用紫砂泡茶更要小心，常清煮，少积垢，健康品茶。

六为茶之道学习。茶之道者，正合儒释道之义，博大精深。行茶之道，在渡六色之汤，觉悟人生，和谐人生，快乐人生。茶是和谐，茶是慈善，茶是菩提。四海之内皆茶友，四海为家皆吃茶。茶人以真诚、慈善之心待天下茶，会天下友。

茶者，本有深妙，系天地人阴阳之气。茶修正合儒释道之义。其博大精深，渡六色之汤，感悟人生，得和谐空静之道。

茶文化是中华传统文化之一，几千年茶史，源远流长。茶文化的根深叶茂，根植于中华传统文化的其他门类和不同层面。神农说茶解毒，以茶入药，以茶入医。以茶入儒，修德于身。以茶入道，陆羽说"茶性寒，最益精行俭德之人"。唐僧皎然《饮茶歌》曰"孰知茶道全尔真，唯有丹丘得如此"。茶道之道是要通过饮茶可达到羽化成仙的目的。唐赵州从谂老禅师一句茶禅语"吃茶去"及千古而至无垠，"吃茶去"有三方面禅意：一是学佛不在文字之理，重在当下实践，去悟吧。二是借茶静心，吃茶悟道。茶中有禅机，茶中有佛，吃茶亦可顿悟。三是以平常心，做好本分事，才可成大自在人。宋僧圆悟克勤传"茶禅一味"之法，以茶参禅，以禅说茶，茶即是禅，禅即是茶，茶禅一体，悟二者之茶风禅光奥妙，开示茶禅同修、茶禅一体的方法，从而达到茶本无味的境界。

自在三吾茶道创立"二月兰茶宴"和"妫水茶宴"，主张茶以健康卫生为根本，品茶为主，沏茶为悟，理行双修，而后得茶之趣。茶是一种和谐，茶是一种缘分，茶还是一种诱惑，茶事邪正兼杂，得于正途则正，得于邪途则邪。茶性寒苦，茶性温性甘，利害参半，得法饮之则有益于人，不得法饮之则有害于身。饮茶的根本目的在于养生养性，自利利他。总之，吃茶离苦得乐得真理，养生养性，利己利他，幸福人生，从而弘扬祖国传统文化。

自在三吾云：应以真诚、友善之心待天下茶，会天下友。

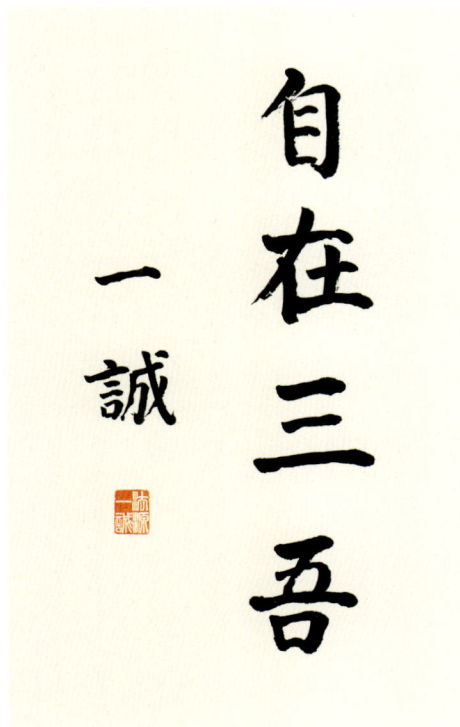

自在三吾

一诚

啜，啜，啜！

花开枝头上，春风啜茗时，正是本书写作时节。

花下有茗茶，茶中寄花语，正是本书求美的初衷。

亲近春花，品鉴香茗。以花会茶，以茶会友，自得清雅。

花下品茗，闻香饮茶，与花共啜，花与茶同香。

春风中，花影斜映在茶盏里，花香浮动于茶汤中，花与茶无碍。有谁经历六十年甲子岁月？目睹了春季娟丽的花海，迎春花、杏花、二月兰、丁香花、牡丹花、玫瑰花……百花齐放。春和景明，清茶一盏。东风过处，桃红柳绿，远近名花，此开彼来，时时处处，数不胜数，自然，淡淡染染，美不胜收。

花茶相伴，人居于此。

壬寅逢春，又喜百花盛开的时节，花下茶盏，花影茗光，姹紫嫣白红，红黄青绿黑，怎得不饮？啜啜，今夜无眠又何妨？

唐代张谓《早梅》曰："一树寒梅白玉条，迥临村路傍溪桥。不知近水花先发，疑是经冬雪未销。"近水楼台花先发，花下啜茗好春华。

一花一世界，一壶一山水，一茶一草木。

一枝花里有大千世界，一把壶里有大山大水，一盏茶里有花花草草，花为媒，茶做客，花与茶相伴，一花一茶一味。

本书春花主要取材于居住周边园地，近在咫尺，不远离，亲生活，持手机随遇而拍，啜茗咀华，养心明智，禅在花中，禅在茶中。

啜啜！花下一盏淡茶，说花读茶，慧学无涯。

臧学慧

2024 年 2 月 2 日于修筠斋

杏花初啜

　　壬寅初春的京城，杏花新开，新雨绵绵，还是冬末雨茫茫的冷，雨细腻入微，看上去似有若无，可行在路上衣衫微润，却不得不打伞。石阶上的青苔泛黄，眨眼间，便呈现片片鲜绿，初春啜一口冬末，只是冬末还能有多久，春天还着急吗？奈其何，怕冷又盼着春天漫漫飞雪，吃茶，啜酒，自然随天。

　　明代高启《雨中闲卧》：床隐屏风竹几斜，卧看新燕到贫家。闲居心上浑无事，对雨唯忧损杏花。

　　春夜一弄《杏花啜》。

啜花品茶　*2000 年"蓝妖六堡"、"夷仁茶家" 2012 年"慧苑水仙"、2008 年"夷仁老梅占"、三十年金花生普洱、2009 年"琪明大红袍"等。*

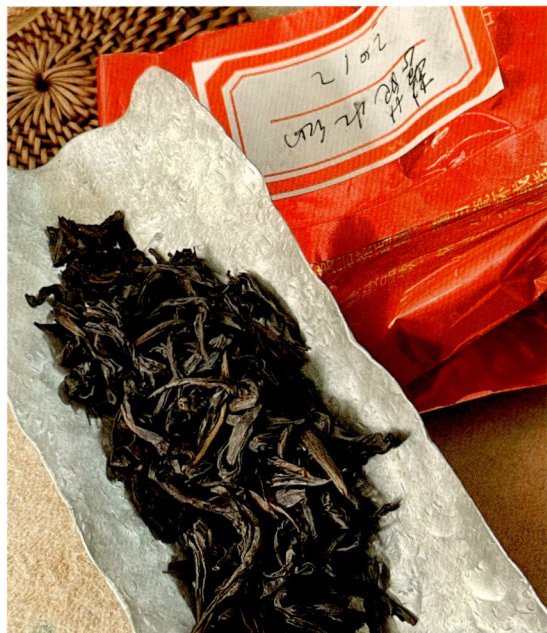

　　因疫风又紧，独啜"夷仁茶家"2012年的"慧苑水仙"，呷之，满口"醇得一塌糊涂"，好茶！"醇不过水仙"，当之无愧。

　　诗云："小雪时节饮三碗，听到石乳涓涓来。活水源头有老树，坐等醇韵岩骨脉。"

喝了二十多年的岩茶，现在想来还是喜欢"梅占"，美滋美味，尤其"老梅占"更是回味无穷。

今天，马路上静静的，小区里静静的，房子里静静的，像大年初一的早晨。得闲整理茶品，惊奇地发现 2008 年"夷仁老梅占"，不由得感慨一番……

啜后感：其香内敛细腻，微显乌梅酸，略带熟果香，至雅。茶汤入口张力十足，细润。回甘醒醐，一杯饮下，体感微汗，暖洋洋的。口腔有微麻感，火气温显，不返青。好茶，实在是好茶！

　　品三十多年的"金花生普洱"，汤黄油润又细腻，呈中庸道味，贵气十足而和合。好茶当啜，自然要画竹描兰涂石了。

　　如是，借"茶气"神气昂扬，画"初夏微风细雨竹图"，锵锵，不在话下。

　　"厚积薄发，行稳致远。""浮生如茶，破执如莲，戒急用忍，方能行稳致远。"

　　就喝茶而言，存得住，存得好，方是硬道理。"厚积薄饮"，方能存得住好茶，喝茶日子才能走得远，走得稳。今早啜自存 2009 年琪明大红袍……

2022 年 4 月

4

壬寅虎年三月初四日

19:14 来自 | 自在三吾微博

杏花再啜

| 美学语录 |

因为任何一件东西如果它能很好地实现它在功用方面的目的，它就同时是善的又是美的，否则它就同时是恶的又是丑的。

——［古希腊］苏格拉底

傍晚时分，再弄《杏花啜》。

（啜花品茶）岩上"小幽兰"、岩上"升华"、陈德华"三味大红袍"、2009 年安吉"白茶母树茶"、2022 年贵州"雷山银球茶"和福鼎"唐针"（白毫银针）等。

　　杏属李亚科植物。杏花单生，先叶开放，其花分白、粉红等颜色，花容繁貌，美不胜收。宋人杨万里有《文杏坞》赞曰："道白非真白，言红不若红。请君红白外，别眼看天工。"杏花是春季主要的观赏花。河北沙城每年举办杏花节。

　　杏花是古老的花木，早在先秦典籍《管子》中就有记载，证明其在我国已有近三千年的种植历史。杏花在中国传统中是十二花神的二月花。杏花亦称"中医之花"，味苦性温，香味甜雅，无毒，可治疮、祛斑，有美容功效。历代赞美杏花的诗词很多，这里只选两首欣赏。

北陂杏花

〔宋〕王安石

一陂春水绕花身，花影妖娆各占春。纵被春风吹作雪，绝胜南陌碾成尘。

临江仙·夜登小阁忆洛中旧游

〔宋〕陈与义

忆昔午桥桥上饮，坐中多是豪英。长沟流月去无声。杏花疏影里，吹笛到天明。

二十余年如一梦，此身虽在堪惊。闲登小阁看新晴。古今多少事，渔唱起三更。

刘国英（正高级农艺师，首批非物质文化遗产武夷岩茶大红袍制作技艺传承人，首批中国制茶大师）谈岩茶的烘焙工艺。

一、在我们早期没有电气化时代，全部是靠柴火和木炭进行加工的，直到电气化时代，很多茶类可能都改成用电气来烘干了，其热源改变了，但武夷岩茶的最后一道的烘焙，还保留了炭焙工艺。最重要的因素是茶在烘焙过程中炭焙和电焙，所形成的最后风味会有所差异。武夷岩茶为了保持其独有特色，就把这种炭焙工艺一直保留下来，特别是一些"高端茶"是用炭焙工艺的。

二、武夷岩茶不同的火功与等级有何关联？其实，岩茶的火功与等级是没有什么必然联系的。

岩茶的火功只是它的一种风格体现，轻火茶的等级可以低于足火茶，也可以高于足火茶，茶叶的等级高低并不由火功而决定。决定茶叶的等级高低的还是其最终呈现的香气、滋味和韵味。

但是，炭焙程度过高多少会使茶叶中展现香气的芳香物质流失，而炭焙程度过低大多会弱化岩茶口感的醇厚度。所以，一泡好的武夷岩茶，要使其具有岩骨花香而不失醇滑细腻，它的炭焙火候也是需要把握在一个度的范围内，需要制茶师傅去掌握这其中微妙的平衡。另外，火功低的茶更容易体现出做茶师傅的水平。

炭焙程度较低的茶，因其炭香味不强，其自身花果香较为高扬显著，很受如今茶人喜爱。但是，轻火茶经常有因做青不到位而呈现出青味和涩味，或是因炭焙不到位而不耐存放，容易出现"返青"的现象。轻火茶的青涩味不像足火茶那样可以通过炭焙醇化。另一方面，轻火茶的炭焙火候需要更加小心，若不小心火候过了，则其火功便高了，就降不下来了。所以，早期岩茶制作工艺还不够成熟的时候，市场上出现的岩茶大多数是中足火的风格。而现今，岩茶的制作工艺得到更精细化的改善和提升，不仅在做青工艺中使茶叶的内含物质转换得当，极大化地保留了其最丰富的香气成分和滋味成分，更是在炭焙环节

中使茶叶含水量更低，炭焙通透而品质稳定耐储，这也是极为难得的。总之，品质好的轻火茶一样是耐存放的。

三、中足火茶品质又如何分辨呢？炭焙程度较低的茶，经常有因做青不到位而呈现出青味和涩味，或是因炭焙不到位而不耐存放，容易出现"返青"的现象。早期岩茶制作工艺还不够成熟的时候，再加上包装材料不够密封，运输销售的时间过长，所以市场上销售的岩茶大多数是中足火的风格。如今通过我们不懈钻研，岩茶的制作工艺得到更精细化的改善和提升，不仅在做青工艺中使茶叶的内含物质转换得当，极大化地保留了其最丰富的香气成分和滋味成分，更是在炭焙环节中使茶叶走水到位，炭焙通透而品质稳定耐储，加上包装材料更密封、运输时间更快等因素，所以现在的中低火和轻火的高档岩茶越来越多。

与之相对应的，我们来说一说炭焙程度较高的足火茶。炭焙程度较高的足火茶，低沸点的芳香物质基本全部散失，留下的都是高沸点的香气物质，所以，其香气更多地溶于水中，更为沉稳内敛，其新茶出炉，炭香压过花果香，所以很多人其实很难从中分辨出茶叶的好坏来。中足火茶，待存放一段时日，火功退尽后，炭香淡化，花果香显，无返青味，口感醇厚顺滑，茶叶品质立见，这也是为什么人们会有足火茶比轻火茶更耐存放的误解。而许多品质一般的茶，也利用这点，将火功焙足，炭香浓郁，便可稍许掩盖其茶叶自身品质和制作工艺的不足。

总结：优质的岩茶可以焙成轻火，也可以焙成中火或足火，表现都很优秀；而品质一般的岩茶只能焙成中火或足火，才能表现得更好！若茶叶自身品质高，加以炭焙到位，那么无论茶叶是轻火风格或是足火风格，都不失为一泡好茶，更不失为一泡耐存放的好陈茶。

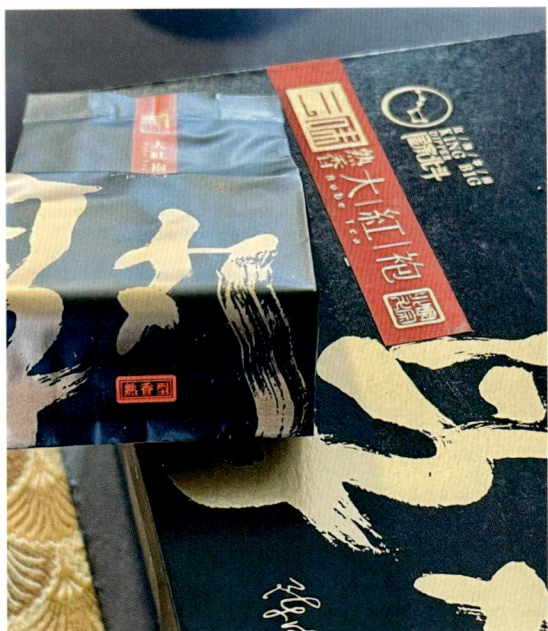

品陈德华家的"三味大红袍"。

雪花飘，空气清润，含春天味道，也是这般。

每逢佳日必有奇茗落杯。品 2009 年去安吉天荒坪镇白茶谷考察时收藏的"白茶母树茶"，如饮甘露般的名泉长流温温和和地不一般美好。

正是："凤羽润白云，泽翠间黄裹银箭，老树叶漂湖天。"

品福鼎"鼎白"珍品 2018 年"唐针"（白毫银针）。

天阴阴的，说是这两日要变天……

品 2022 年贵州黔东南州的"雷山银球茶"。

观竹、品茶、写竹。

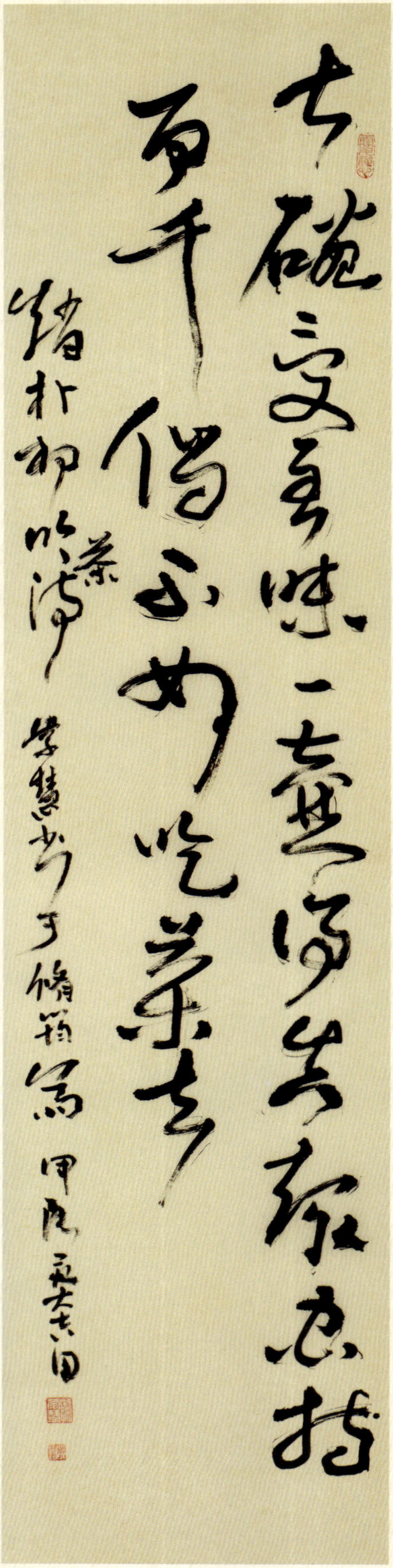

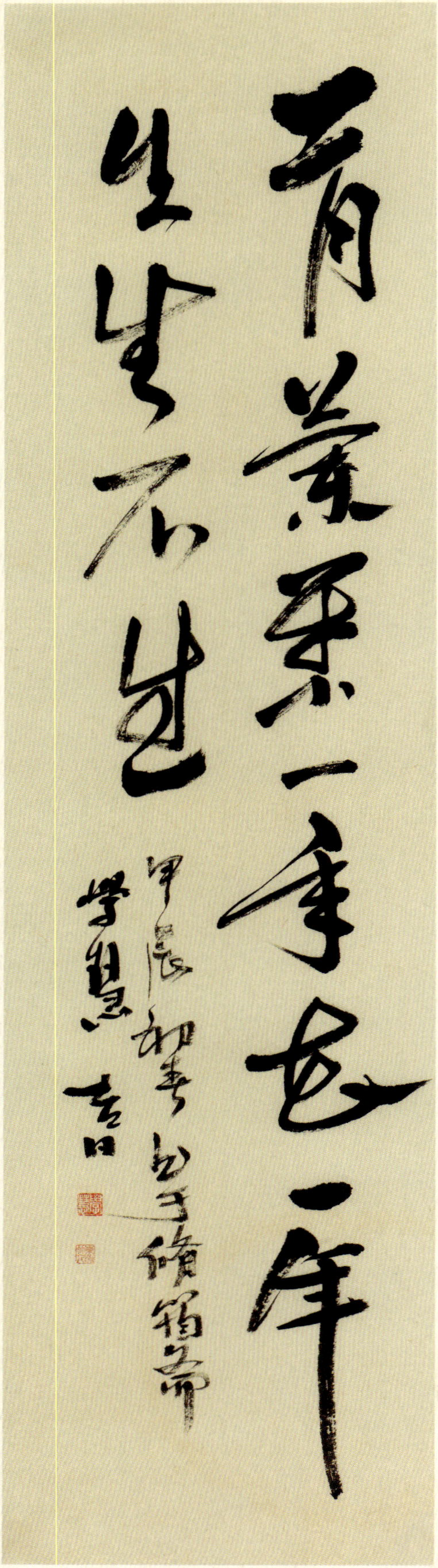

有業一盞一年長生生不盡　學慧書于修篁館

古碗茶香味一壺浮生共一甌百千僧与奶吃茶去

學慧書于修篁館寫　甲辰

18:33 来自｜自在三吾微博

二月兰初啜

｜美学语录｜

这种美是永恒的，无始无终、不生不灭、不增不减的。……它只是永恒地自存自在，以形式的整一永与它自身同一；一切美的事物都以它为泉源，有了它那一切美的事物才成其为美，但是那些美的事物时而生，时而灭，而它却毫不因之有所增，有所减。

——［古希腊］柏拉图

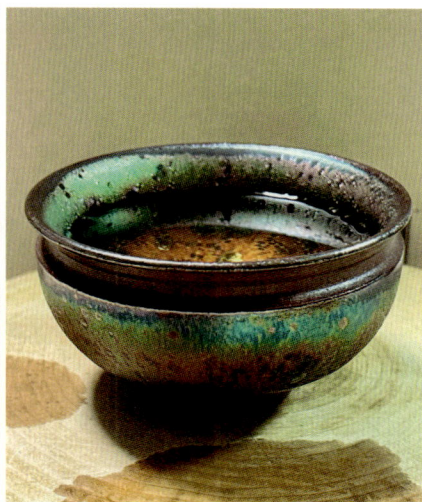

品茶，《二月兰初啜》。

啜花
品茶　*2022 年贵州绿茶"南国之春"、2010 年"修筑六堡"、"瑞泉慧香"岩茶、四十年左右的老砖茶二种等。*

　　二月兰，亦称诸葛菜，十字花科植物。早春观赏花。二月兰是头年生长第二年开花的草本植物。花有紫色、浅红色或白色，北京地区一般在 4 月前后开花，5 月中旬后陆续花落结子。在中国分布广泛，常生在路旁林下、山坡地边，大面积盛开时如海浩瀚。在北京常生长于公园宅院，无处不有，正因如此，往往不被人关心和留意到。

　　季羡林散文《二月兰》中二月兰的象征意义是无私奉献：

　　我不记得从什么时候起我注意到小山上的二月兰。这种野花开花大概也有大年小年之别的。碰到小年，只在小山前后稀疏地开上那么几片。遇到大年，则山前山后开成大片。二月兰仿佛发了狂。我们常讲什么什么花"怒放"，这个"怒"字用得真是无比地奇妙。二月兰一"怒"，仿佛从土地深处吸来一股原始力量，一定要把花开遍大千世界，紫气直冲云霄，连宇宙都仿佛变成紫色的了。

　　东坡的词说："月有阴晴圆缺，人有悲欢离合，此事古难全。"但是花们好像是没有什么悲欢离合，应该开时，它们就开；该消失时，它们就消失。它们是"纵浪大化中"，一切顺其自然，自己无所谓什么悲与喜。二月兰就是这个样子。（节选）

品2010年"修筠六堡"

（此茶由梧州中茶二十世纪九十年代六堡和三鹤2015年六堡茶等五种六堡茶拼配而成。）

品"瑞泉慧香"。

　　茶文化博大精深，林林总总，茶文化的"如初"是什么？就是茶，就是喝茶，就是吃茶去。茶是核心，不能为了茶活动忘记了茶，不能美其名曰"茶话会"而恰恰忽略了茶。茶是缘起，茶文化不能搞成没有茶的文化。没有茶的文化不是茶文化。茶是生活，是踏踏实实喝的事，来不得半点马虎。一是饮；二是养；三是心。好画是画出来的，好茶是喝出来的。

用广西钦州坭兴陶茶壶，啜两种四十年左右茶砖：

一者老普洱砖，二者老茯砖。

只说一点，前者汤厚，口微稠；后者汤靓，回甘久。

好时光的《丁香花初啜》。

| 美学语录 |

一个有生命的东西或是任何由各部分组成的整体，如果要显得美，就不仅要在各部分的安排上见出秩序，而且还要有一定的体积大小，因为美就在于体积大小和秩序。

——［古希腊］亚里士多德

啜花品茶　二十世纪九十年代六堡茶、2014 年四川绿茶、江西武夷山红茶"河红茶"、2020 年"五气朝元"（铁罗汉）等。

品二十世纪九十年代六堡茶。

几十年如眨眼间，过去只是说说听听而已，沧桑过后，才发现原来是真的。想当年，2003 年"玩茶"从北京琉璃厂文化街走起，二十年了，一起喝茶的朋友一拨一拨地斗转星移，不知现在是否还喝茶？大概很多人都搞"茶文化"去了……

址:宜宾市红丰东路金秋
名称:四川省茶业集团股份
地址:宜宾市翠屏区邱场镇金秋
0831-355 5567 400-886-1808
0831-355 0046
址Http:// www.scteag.com
子邮箱:Email: xflongya@163.com

生产日期:2014.02.26 批号J0226(新茶)

6 911045 600215

品 2014 年四川绿茶。

振枝杉老濕木

二月蒙茶茶芽

丁香，属小乔木，又称洋丁香。丁香属园林花木。花序繁集，色雅，芳香沁人，尤其傍晚其香浓郁，强烈袭人，故家庭小院不适合种植。丁香花色多紫、蓝紫和白色，一般常见紫丁香和白色丁香，有的紫色丁香随阳光照射而减弱开花或在盛开后颜色变浅甚至趋于白色。

　　丁香花朵纤小文静，花筒紧凑排列的丁香结，给人一种含苞未放而神秘的感觉。古人写诗词多用丁香寄托愁思和离愁别恨的情感。如李商隐的《代赠》："芭蕉不展丁香结，同向春风各自愁。"

昨日小雨贵如油，夜风窃窃声，晨光漫看，红蓝绿。

谁知了，花开花落，一盏茗香走阅春秋。

品江西武夷山红茶"河红茶"。

品 2020 年"五气朝元"（铁罗汉）。

　　有人问有没有二十世纪九十年代"槟榔香"六堡茶标准样，当然是有的，但也要"相对"一下，因为六堡茶的味道丰富多彩……当下喝的就是这样的一款，槟榔香十足，曰：舍"我"其谁也。寻找标准茶样的条件和方法：即当水、器和泡茶方法等条件一定的时候，就可以得出茶香茶味（相对）准确的结论。其他茶的"标准"茶样也可以类似得出结论，但条件要一定。

海棠花啜

沙尘暴来了，天空昏沉沉，花儿反显得更明亮……

听风，品《海棠花啜》。

啜花品茶 *2022 年湘西黄金茶、1993 年大红袍、三十年大红袍高末茶、1995 年祁红、二十世纪九十年代"广西六堡礼茶"、2004 年武夷"琪明正岩肉桂"等茶。*

品 2022 年湘西黄金茶

　　海棠是苹果属和木瓜属几种植物的俗称。蔷薇科灌木、小乔木，为我国著名观赏树种，各地多有栽培。在北京园艺或庭院（老四合院）常见栽种。主要品种有西府海棠、贴梗海棠、木瓜海棠和垂丝海棠，称为"海棠四品"。在北京多见西府海棠。

　　海棠花姿浪漫，似锦，素有"花中神仙"和"花贵妃"等称呼，有"国艳"之誉，有"玉棠富贵"之境，雅号"解语花"。文人骚客对海棠有很多赞美的诗句，画家笔下喜画海棠花，尤其西府海棠被奉为上品。图片中的海棠花就是西府海棠。

品 1993 年大红袍，其韵味无以言表。

正是：

袅袅临窗竹，蔼蔼烟云中。名泉无秋霜，山霞艳火红。大茗催清月，九曲回肠风。

那边会了
却来言岂迟
吃茶写竹

庚辰之日大吉
作于修篁书屋
学慧

如是说：

茶中自有黄金湖，茶中自有千山树，茶中自有羽化意。

品三十年大红袍高末茶。

又曰：原来岩茶的终点是高末……

夜，静悄悄的……独啜 1995 年祁红：竹节紫砂壶，水晶玻璃公道杯，磁州窑手工茶杯，黑山泉沸，缓入壶，轻翻热浪，细细品味，圆润饱满，周身温暖，群芳醉，幸福之感油然而生。

　　金刚小橘猫欲动又静……

1. 品二十世纪九十年代的"广西六堡礼茶"。2. 品 2004 年的武夷"琪明正岩肉桂"（那时候没有什么"马肉"之说）。两款茶虽不同，喝到最后都是同归，无"色香味"之异，本是树叶，一叶同趣，入肚温暖得很。

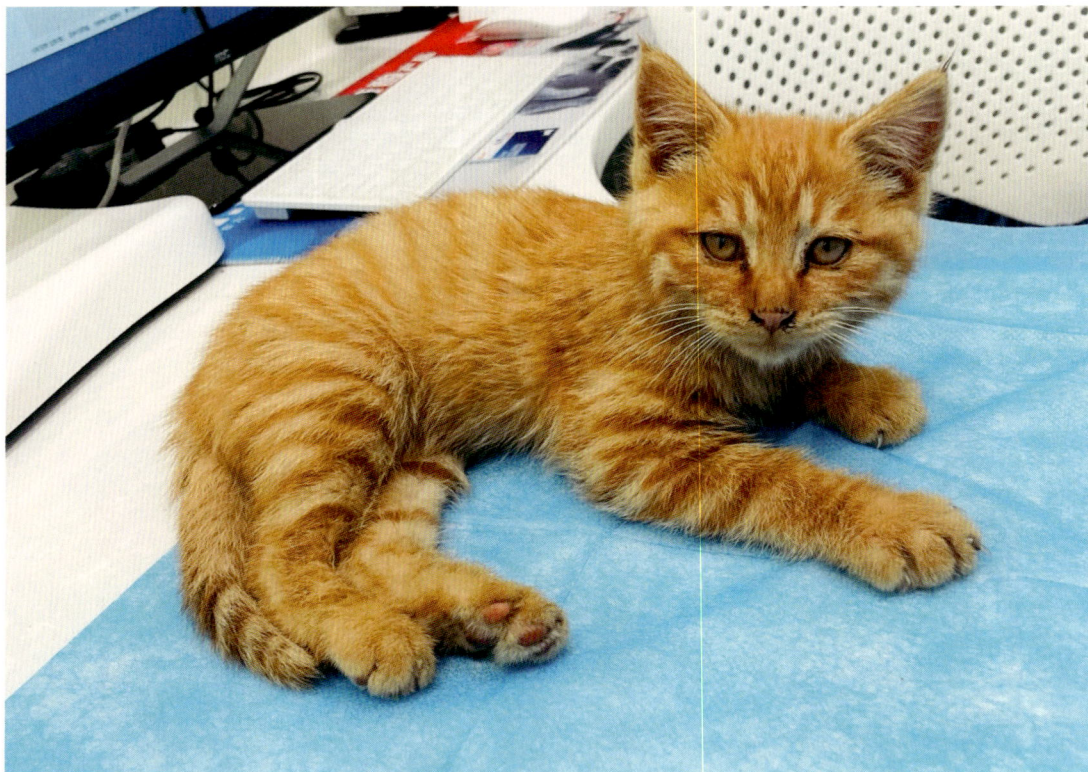

姓名：金刚（笔名橘座）

性别：男

年龄：周岁余

出生地：京城东北（疑似野生，具体不详）

民族：橘猫

体重：12斤

现职业：宦官

学历：尚无

2022年春雪天金刚才出满月即流落街头，恰逢其时，有"贤女"路过，见其伶俐可爱，抱养于家，并以姐弟相唤。

转眼，金刚长成大猫，其好动喜攀，上蹿下跳，无所不及；脾气渐暴，稍有不顺心时，即大打出爪，若遭训斥，龇牙咧嘴，呼声如虎，十分不服。故曰：其前世为匪。

金刚性格刚烈，吃软不吃硬，若顺其心，则略显温顺乖巧，再施之甜言蜜语，以德服之，金刚就会"投人所好"，以竹相报。（图片为金刚满月照）

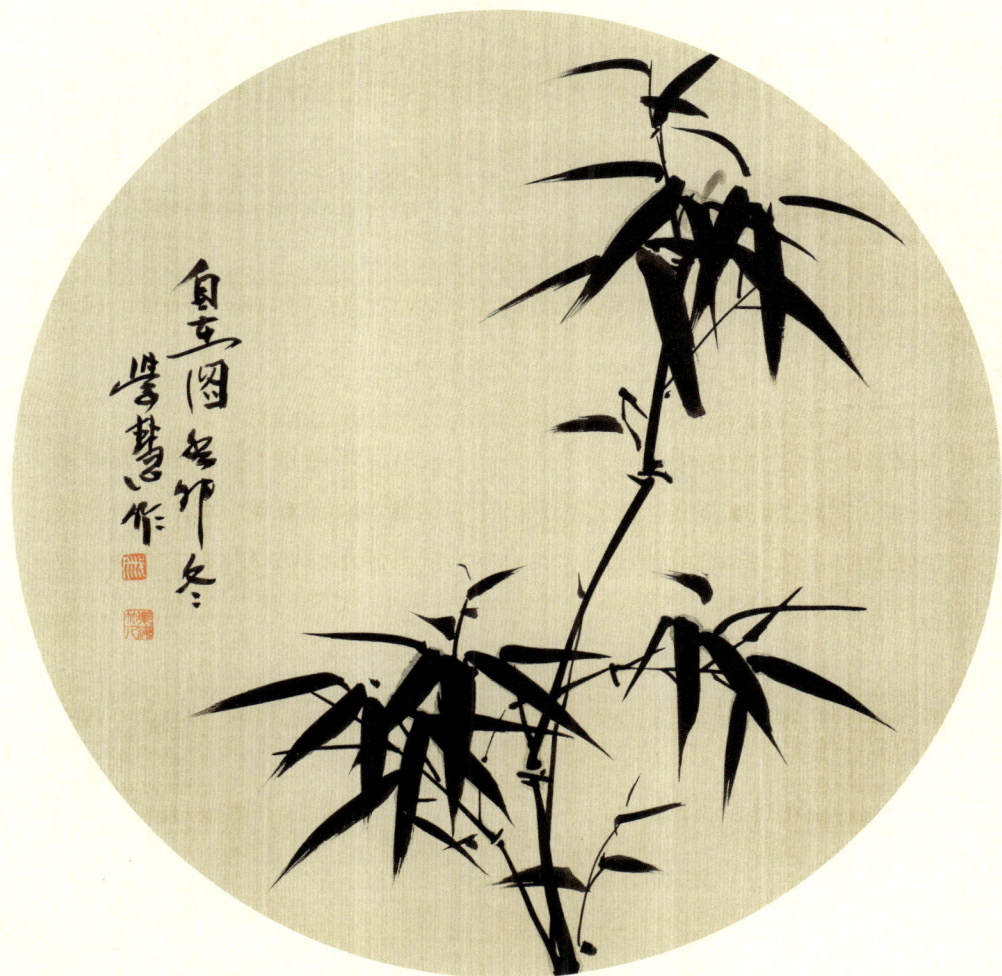

自立圖 辛卯冬
學慧 作

073

喝茶的时间过得最快，一泡茶就到了日落时分，月亮悄无声息地躲在树后，静静地凝视着……美好的夜晚。

樱花啜

| 美学语录 |

可欲之谓善，有诸己之谓信，充实之谓美，充实而有光辉之谓大，大而化之之谓圣，圣而不可知之之谓神。

——〔先秦〕孟子

品《樱花啜》

（啜花品茶）福鼎平兴寺老银针、2008 年"琪明百岁香"、二十世纪九十年代"槟榔香"六堡、漳州潢川源"白芽奇兰"、2005 年的武夷奇兰茶等。

樱花属蔷薇科李属、樱亚属植物。樱花是樱亚属所有物种和种植品种的统称。世界上一共有野生樱花约一百五十种，中国有五十多种。种植在园林中的樱花多为通过植物杂交得到的品种。

　　秦汉时皇室已种植樱花，距今有两千多年的栽培历史。汉唐时普遍栽种在私家花园中，至盛唐时从宫苑廊庑到民舍田间，每到3月随处可见绚烂绽放的樱花。当时日本遣唐者将樱花与古建筑、茶道、服饰等一起带回日本。日本樱花品种很多，其中东京樱花为乔木，花为白色、红色和粉红色等，花期一般在3月。

庐山烟雨浙江潮，未到千般恨不消。到得还来别无事，庐山烟雨浙江潮。

书于甲辰夏 学慧

品十多年前收到的福鼎太姥山平兴寺藏"老银针"，不得了的"禅味"，不得了的"禅香"。大福也！

　　百望山下锵锵六人啜，煮武夷山名泉，沏 2008 年"琪明百岁香"……有诗赞曰："百岁有百香，九曲浩浩甘回肠，天下美名扬。"

茶气是什么？

很多人有很多说法……

茶气是水，茶气是云，茶气是精气神！

（于北京茶知己茶室品二十世纪九十年代"槟榔香"六堡茶）

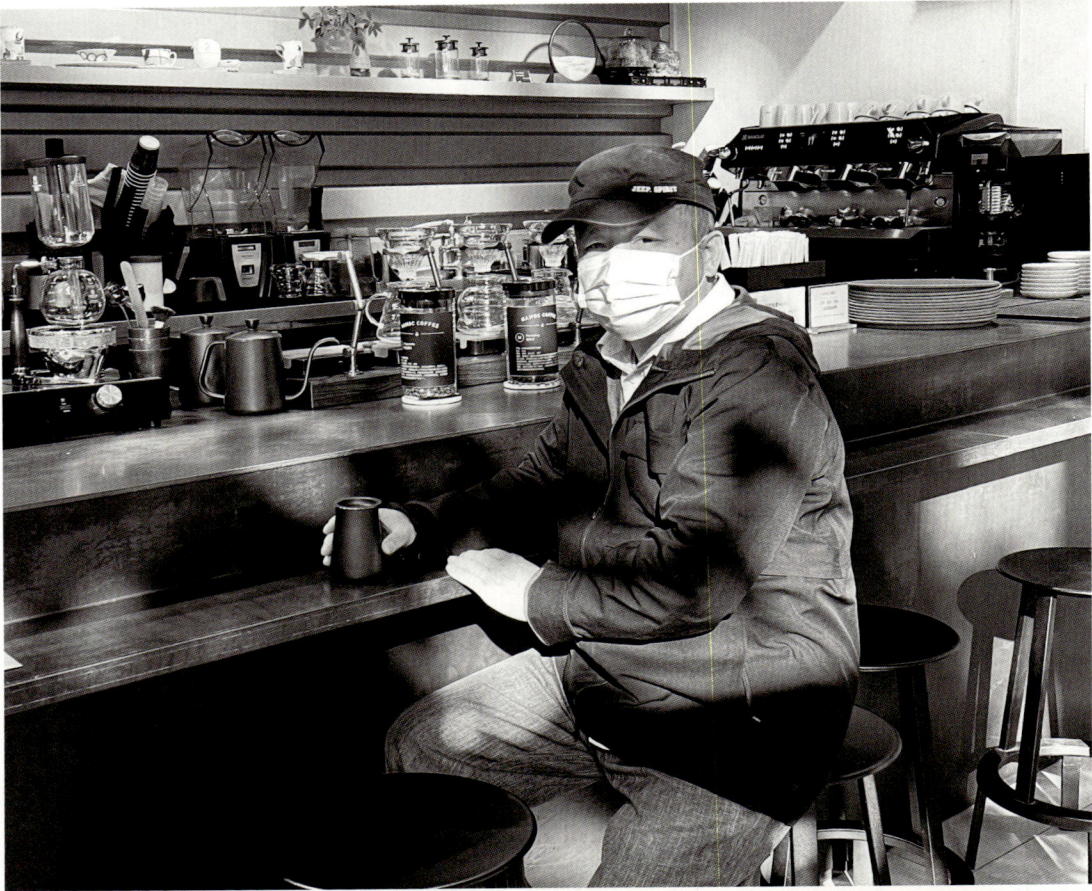

　　喝茶闲时，可以喝杯咖啡感受到香浓种子的魅力。咖啡可以解茶腻，当茶味疲劳时，换口，茶与咖啡相融益处。（摄于中国美术馆）

　　如遇"茶醉之害"，食榴莲最妙。

　　茶食之果，绍兴高山香榧当属第一。

　　其实白开水最养人。

今日大吉，阳光普照，一切不苦，正是品茗写竹时……"一杯一杯啜，一枝一叶雅俗说，黑白造化墨。"（茶品两种："上坐茶家"藏二十世纪九十年代"槟榔香"六堡茶和漳州潇川源"白芽奇兰"）

白芽奇兰诗赞："一壶白芽醒醐汤，飘来奇兰一缕香。精行俭德君思量，天地平和走茶乡。"

福建平和白芽奇兰

一、茶叶创制历史：

平和县种植茶叶历史悠久，据《漳州市志》记载，明代，漳州茶叶被列为贡品；清康熙年间《平和县志》中明确记载"茶出大峰山者良"。平和县独特的地理、生态环境为野生茶树的孕育创造了良好条件，有着野生茶树的分布。白芽奇兰系 1981 年福建省漳州市平和县科技人员从平和县当地茶树群体种中经单株选育而成的无性系茶树良种，因新萌发出的芽叶呈白绿色，白毫明显，采摘其鲜叶制成乌龙茶，具有奇特兰花香味，因此命名为"白芽奇兰"。白芽奇兰属于闽南乌龙茶体系，既是茶品树种名，也是茶产品名，1996 年被审定为福建省级茶树新良种。

二、采摘标准、传统制茶工艺、品质特征：

白芽奇兰茶品种属灌木型、中叶种；一般可采春、夏、秋、冬四季；采制标准为顶叶中开面（一芽两至四叶）；白芽奇兰茶初制工艺流程为：晾青、晒青、摇青、杀青、揉捻、初烘、初包揉、复烘、复包揉、足火；白芽奇兰茶精制工艺流程为：拣剔、风选、拼配、复火、摊凉、包装等。品质特征为：成品茶外形圆结重实匀整、色泽乌褐、油润；经冲泡，汤色金黄、明亮；品种香显、兰香浓郁持久；滋味醇厚、甘爽，叶底红绿相映、柔软明亮。

三、白芽奇兰的品鉴：其常见为清香型，在茶叶的制作工艺上与铁观音的做法相似。白芽奇兰的香气高飘、持久，有浓郁的兰花香，有素心兰的神秘香，也有墨兰的幽香。白芽奇兰的口感属于"滑顺型"，浑厚和醇爽。其汤色黄亮，回甘极好，不愧为乌龙茶类中的佳茗。

老茶壶沏 2005 年的"武夷奇兰"，相当惊艳，水很柔，香变细，如山涧潺潺的溪流水……

二
月
兰
再
啜

丨 美学语录 丨

天地有大美而不言，四时
有明法而不议，万物有成理而
不说。

——〔先秦〕庄子

清早清凉，重温《二月兰再啜》。

(啜花品茶) *2011 年"香竹箐"生普、二十世纪九十年代"单丛"、二十世纪五十
年代湖北老黑茶、2008 年自制"雪花银针"、2012 年下关沱茶等。*

品 2011 年云南凤庆"香竹箐"生普。

　　在上海"德生茶轩"品两款老茶：1. 二十世纪九十年代宋种"单丛"（上图）；2. 二十世纪五十年代湖北老黑茶（下图）。

福鼎白茶茶花

品 2008 年自制"雪花银针"（银针选自白牡丹茶中芽尖），汤汤水水，阅茶无数，天下第一。

再品 2012 年下关沱茶，风风火火，试看天下谁品说？

如是曰：

汤色如油，滴滴醇厚；内敛低调，香烟悠悠；味甘性平，泉出心头。家有老叶，何处不求。

政和，一个因茶得名的产茶县，是宋代北苑贡茶的核心产区，现今仍保留很多古茶树，其"小白"制茶，香型为复合型花香，具有独特的山韵和清冽感。

"中华茶祖"种种说：

神农氏。《本草衍义》曰："神农尝百草，日遇七十二毒，得茶而解。"

太姥娘娘。太姥山"鸿雪洞"生长一棵"绿雪芽"古茶树，传说为太姥娘娘手植茶树的"后代"。太姥娘娘被尊为福鼎大白茶始祖。

吴理真。其在蒙顶山五峰间移植七株茶树，后人称为"仙茶"，相传是世界上种植驯化茶叶的第一人。吴理真被尊为蒙顶山茶祖。

诸葛亮。孔明率军南征云南地区时，以茶解众将的毒，并传授给当地人种茶和茶技，故普洱茶又名"武侯遗种"。诸葛亮被当地奉为"普洱茶茶祖"。

陆羽。著有《茶经》，被尊为"茶圣"。

葛玄。江南茶祖。将人工种植茶叶的茶籽传到日韩，也被尊为世界的种植茶祖。

帕岩冷。布朗族茶祖。他曾在景迈山上种茶，是当地最早有名姓可考的种茶人。

武夷君。武夷山茶祖。古时传说他是彭祖，曾隐居于武夷山，活了七百七十岁，他有两个儿子，长子名武，次子名夷，武夷山因此而得名。

有诗云：

漫步西山小径雅，春叶深处有茶家。

止步茶香说不晚，来日再观山中花。

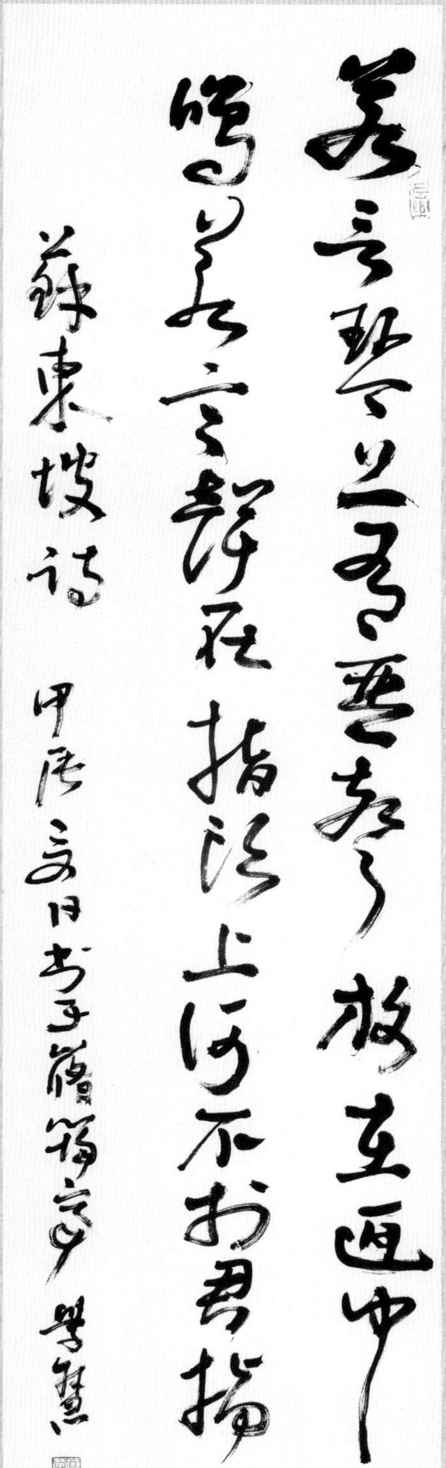

若言琴上有琴声，放在匣中何不鸣，若言声在指头上，何不于君指上听。

苏东坡诗

甲戌三月书于简简草堂 学熹

梨花啜

| 美学语录 |

静而圣，动而王，无为也而
尊，朴素而天下莫能与之争美。
——〔先秦〕庄子

今早空气清新，品《梨花啜》，好个花季茗韵……

（啜花品茶）2002 年岩茶"水金龟"、二十世纪九十年代初老铁观音、潮州不知年"棺材单丛"、"上坐茶馆"二十世纪九十年代"槟榔香"和"参香"六堡茶、2011 年武夷山市北斗岩茶等。

　　梨花，别名玉雨花，一般花瓣为纯白色。梨树属落叶乔木，原产我国，种植遍布全国。很多地方都有梨花节。

　　梨树种植历史悠久，约有两千余年，其种类及品种均较多，其花素淡，芳姿喜人，深受人们的喜爱，颇得文人推崇。描写梨花的诗词很多，如元代丘处机的《无俗念·灵虚宫梨花词》："春游浩荡，是年年、寒食梨花时节。白锦无纹香烂漫，玉树琼葩堆雪。静夜沉沉，浮光霭霭，冷浸溶溶月。人间天上，烂银霞照通彻。

　　浑似姑射真人，天姿灵秀，意气舒高洁。万化参差谁信道，不与群芳同列。浩气清英，仙材卓荦，下土难分别。瑶台归去，洞天方看清绝。"

品二十世纪九十年代初老铁观音，好个"观音韵"了得！真是："毖彼泉水，亦流于淇。"汲水自烹茶，逸韵至心。

　　太阳不管是升起还是落下，从哲学、宗教、人生、自然等意义而言都是一样，人若如此，就会无有牢骚，无有怨天尤人，无有恐怖，无有颠倒梦想……

　　今天品潮州著名的特别老的茶"棺材单丛"（很少有人知道、喝到的茶），沧桑几十年，岁月流逝痕，没有花香，没有树韵，唯有天池在山巅，喝不尽，道不完，一碗清水度茶船。

在蓝靛厂"西顶茶道"品 2011 年武夷山市北斗岩茶研究所"金宗北斗"……温润、细腻如涓涓溪流。
再品"上坐茶馆"二十世纪九十年代"槟榔香"六堡和"参香"六堡两种老六堡。

桃
花
啜

| 美学语录 |

物体各部分的一种妥当的
安排，配合到一种悦目的颜色
上去，就叫作美。

——［古罗马］西塞罗

今天天空朗朗，如洗。

品《桃花啜》。

啜花
品茶　瑞泉"十二代"岩茶、2005 年孙义顺安茶。

桃花，桃树的花。桃树属落叶小乔木。中国是桃树的原产地，各地广泛栽植。

《诗经·魏风》中有"园有桃，其实之肴"的内容。《礼记》说当时把"桃、李、梅、杏、枣"列为祭祀神仙的五果。

古来写桃花的诗很多，如《诗经》："桃之夭夭，灼灼其华。"桃花颜色分嫣红、粉红、银红、橙红、朱红等色，艳丽多彩，赏心悦目。《红楼梦》中林黛玉有一首《桃花行》："桃花帘外东风软，桃花帘内晨妆懒。帘外桃花帘内人，人与桃花隔不远。东风有意揭帘栊，花欲窥人帘不卷。桃花帘外开仍旧，帘中人比桃花瘦……"还成立了"桃花诗社"。

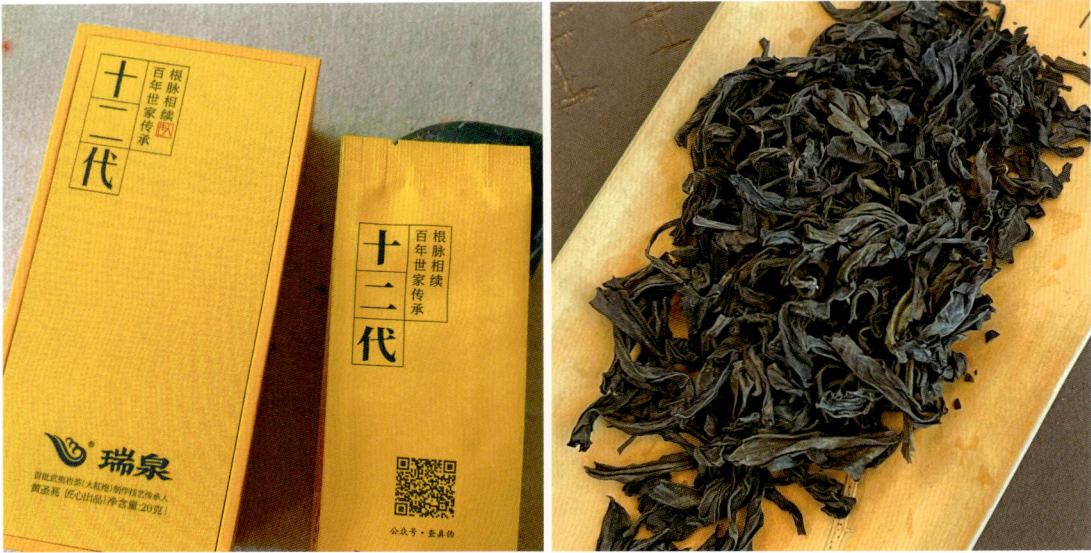

品瑞泉"十二代"岩茶。

长期喝茶把身体喝坏的四大原因:

第一,常饮不良茶。

第二,过量过浓饮佳茗。

第三,片面追求口感。

第四,地不利（专指人长期在阴暗潮湿、湿冷低温的环境下饮茶）。

安茶是茶类中在保健功效中表现突出的茶。

故常饮安茶可定外界六邪，能安五脏六腑，故而岭南称之为"圣药"。明代《茶笺》中称："六安茶（即六安篮茶）入药最有功用。"清代乾隆时的《本草纲目拾遗》中记载："此茶能清骨髓中浮热（祛湿），陈久者良。"

"孙义顺安茶"有百余年历史，在两广颇负盛名。广东、南洋一带多湿热气象，老六安篮茶火气褪尽，茶性平和，可祛湿解暑。

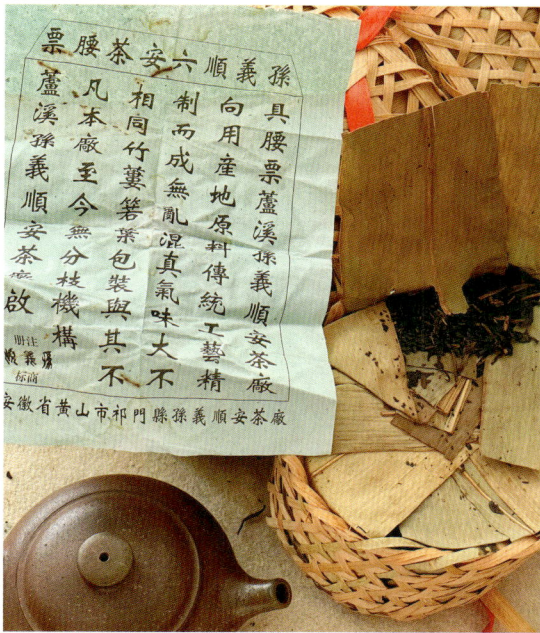

弹指一挥间，一转眼，2005 年亲自收的安徽祁门"孙义顺安茶厂"的安茶，已有十七年之久，真可称为老安茶了。老安茶难得，是茶友"翘首以盼"之珍品，天下之茶皆引颈而望之矣，老安茶如是也。

今天轻轻取五克沏之，其滋味也就不用表述，因为无论如何赞美其美皆不过也。如名泉涌上心头，啧啧！一口甘润。

傍晚无事，收拾墨呀颜料呀什么的，偶现二十世纪八十年代（约）买的国画颜料，又是感慨一番。回忆当年，第一次去北京琉璃厂买笔墨颜料还是 1976 年的事，至今四十余年了。岁月蹉跎，颜料干了，硬如墨块，温水久久润之，涂了几枝竹叶，色如当初，惊艳，可谓痴心不改矣！

老君瓷杯。

丁香花再啜

傍晚，又品《丁香花再啜》

啜花品茶　2008 年云南紫笋茶、1992 年铁观音老茶、2010 年广西绿茶袋泡茶、二十世纪九十年代"正白毛猴"老茶等。

品 2008 年云南紫笋茶（非茶之茶）。

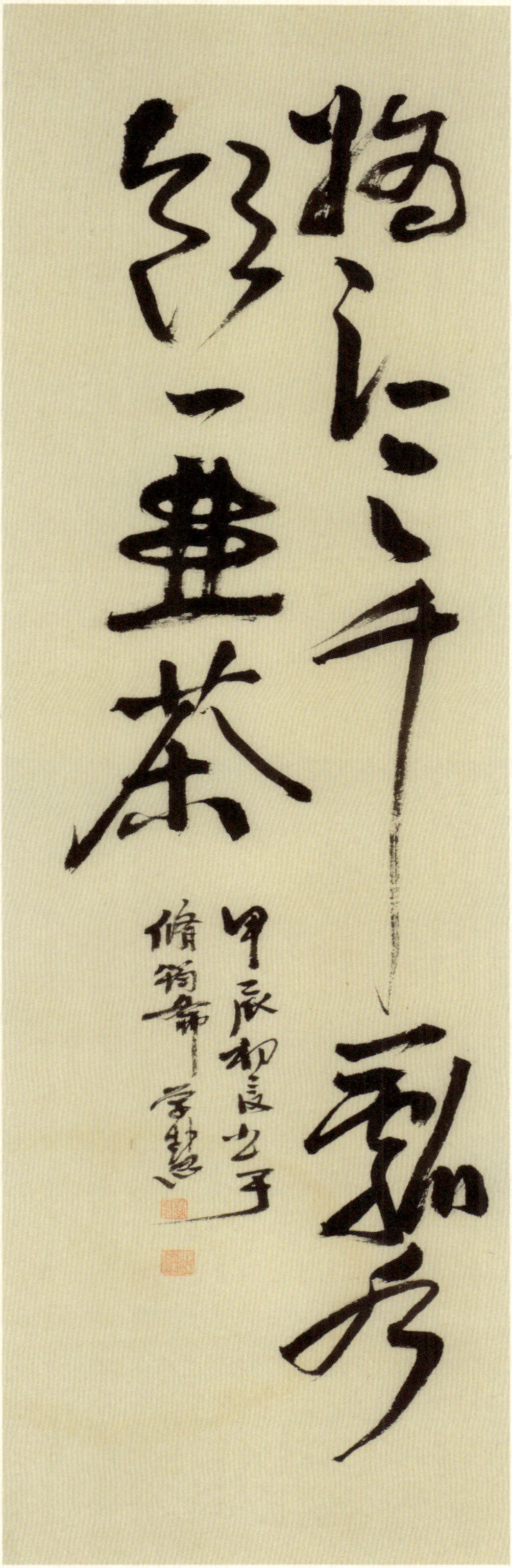

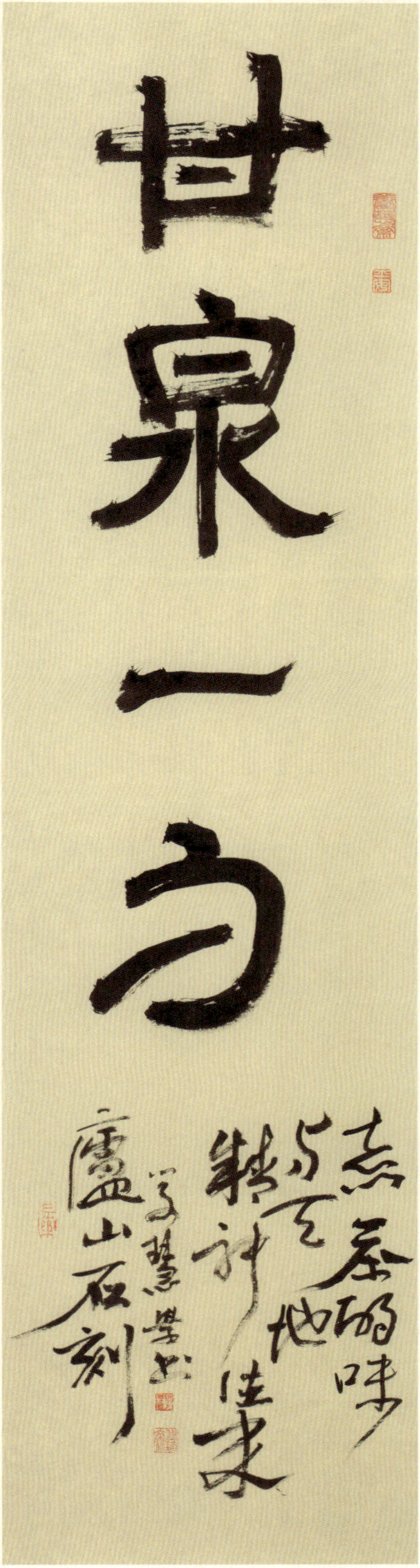

甘泉一勺

志泉硕味
与之地
耕耘佳泉
庐山石刻
字慧学书

将二三千
继一壶茶

甲辰初夏
俏筠斋字慧

　　前日，薰风斋斋主自称存有 1992 年铁观音老茶，余问：味道如何？答曰：味极酸，如醋也！余大骇，问：可否品之？斋主不屑曰：可以。于是翻盒倒茶，出汤入口，顿感大脑一片茫茫然，忽现高山名泉徐徐入喉，汤感似缎，气韵长长，三杯两盏，乍来兰香，令人心旷神怡也！余问：何醋之有？斋主大骇……

　　噫！老茶有德，味出心泉，若此错过，疑畏不吃，今若是焉，悲夫！

在中国农业大学校园内"大有茶馆"品 2001 年广西南宁茶厂的"广西绿茶袋泡茶"，持沸水冲泡，初品老绿茶彰显蜜香，再品神似老红茶，三品当胜老六堡茶，啜啜，汤感饱满圆润，清澈如泉，潺潺流淌；忽发微汗，心静见，渐入禅定，羽化了。一言以蔽之，曰：老绿茶最好！

品"永行茶社"多种凤凰单丛茶。

品二十世纪九十年代"正白毛猴"老茶，啜之有悟，得味，得意，故能得慧也！

菏泽牡丹啜

　　白天大风后，一夜之间牡丹花突然开放，争奇斗艳，美不胜收……借此花机，品《菏泽牡丹啜》。

啜花品茶　二十世纪三十年代"大马仓四兰牌六堡茶"、"茂圣5603"六堡、"南平建阳六品特级贡眉"白茶、老绿茶（十年左右龙井）等。

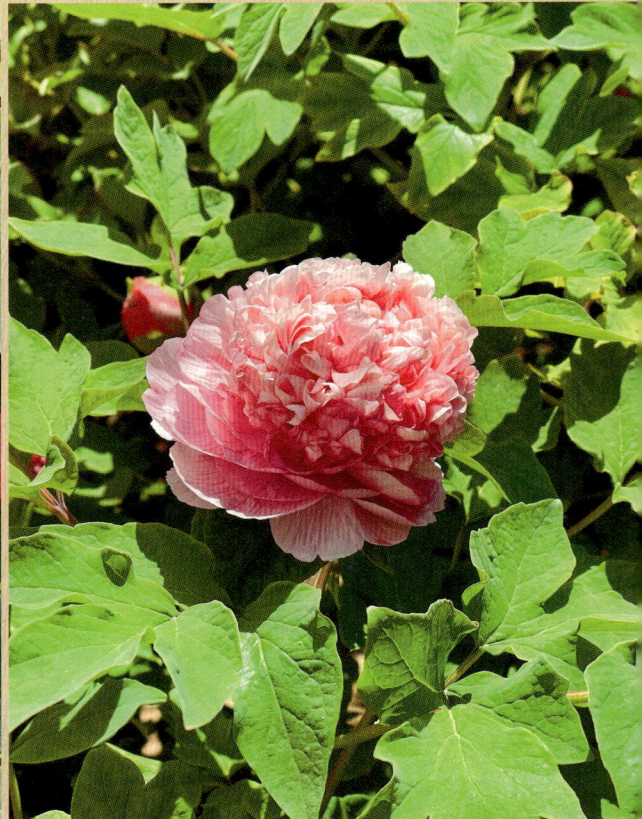

　　牡丹是芍药属植物。为多年生落叶灌木。牡丹原产中国西北部，秦岭和陕北山地有野生，南北朝时已有观赏牡丹。牡丹花艳丽饱满，富丽堂皇，有"花中之王"之誉、"国色天香"之称。

　　菏泽种植牡丹历史悠久，据传始于隋、兴于唐宋、盛于明清，自古享有"曹州牡丹甲天下"的美誉。菏泽市牡丹品种有一千二百三十七个。1992 年菏泽举办了首届"菏泽国际牡丹花会"，曹州农谚云"谷雨三朝看牡丹"，此时节堪称牡丹花盛会。菏泽牡丹分三类：单瓣、复瓣、千瓣。菏泽牡丹的九大色系是红、白、黄、黑、粉、紫、蓝、绿和复色。

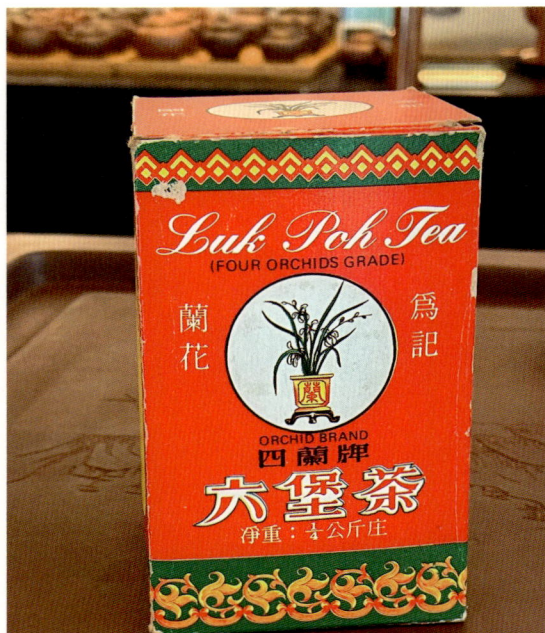

天蓝蓝，云如盖，群鸽翔远近，天交好啜茗⋯⋯

品二十世纪三十年代"大马仓四兰牌六堡茶"，其味如秋，渐啜渐浓，槟榔香乍现，凉意在天地间。

春、春、春，天暖和和。

一杯一壶，大山灵芽入小壶。

水沏茶，茶出壶，青青竹下品老茶，一壶一杯解湿寒。

（提示：茶为"茂圣5603"六堡）

啜"南平建阳六品特级贡眉"白茶：茶选得好，工艺做得好，色香味俱佳，包装设计得好，一言以蔽之：玩得好！用心矣……

　　品老绿茶（以十年前后龙井茶为主）。正是：天高远，夏月啜，风雨青山叶如墨。老茶干，静心参。一杯轻试，谁说不信。

　　啜、啜、啜！

　　茶和合，任凭说，茶宜常存春秋喝。老无寒，汤最禅。若人寻问，老绿自欢。

2022 年 4 月

17

壬寅虎年三月十七日

11:07 来自 | 自在三吾微博

紫叶李花啜

| 美学语录 |

美，甘也。从羊从大。羊
在六畜主给膳也。美与善同意。
——〔东汉〕许慎

　　周日早上显得格外安静，紫叶李子花，不等桃花落就开了，开得不多不密，潇洒自如，开得欢乐……

　　取几朵小花朵，又见燕子落。品《紫叶李花啜》。

啜花
品茶　四十年农家六堡老茶和 2008 年自在三吾"山鬼茶"等。

　　紫叶李是灌木或小乔木，别名红叶李。紫叶李原产于亚洲西南部，中国华北及其以南地区广为种植。常年叶紫红色，著名观叶树种，其花期在 4 月，果期在 8 月。紫叶李花花不大但很雅，白里泛着浅红紫色，整体呈亮白色。先花后叶，花瓣盛开前后长嫩叶。紫叶李花是纯洁的象征，宋代朱淑真《李花》这样描写："小小琼英舒嫩白，未饶深紫与轻红。无言路侧谁知味，惟有寻芳蝶与蜂。"

小区院中的"流浪鸽"。

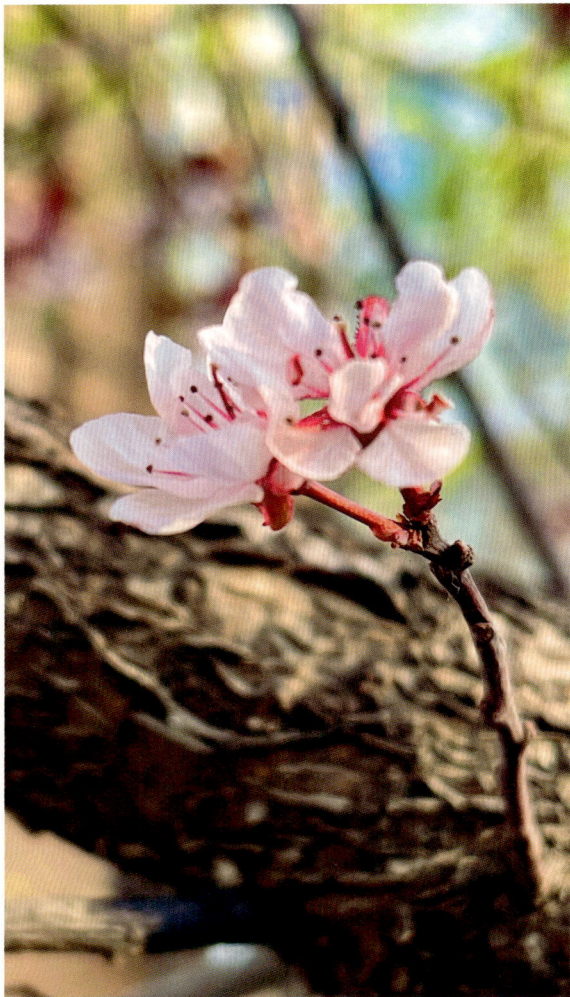

赏牡丹

〔唐〕刘禹锡

庭前芍药妖无格，池上芙蕖净少情。

唯有牡丹真国色，花开时节动京城。

江畔独步寻花·其五

〔唐〕杜甫

黄师塔前江水东，春光懒困倚微风。

桃花一簇开无主，可爱深红爱浅红？

奉和中书舍人贾至早朝大明宫

〔唐〕岑参

鸡鸣紫陌曙光寒，莺啭皇州春色阑。

金阙晓钟开万户，玉阶仙仗拥千官。

花迎剑佩星初落，柳拂旌旗露未干。

独有凤凰池上客，阳春一曲和皆难。

春　晓

〔唐〕孟浩然

春眠不觉晓，处处闻啼鸟。

夜来风雨声，花落知多少。

金陵酒肆留别

〔唐〕李白

风吹柳花满店香，吴姬压酒劝客尝。

金陵子弟来相送，欲行不行各尽觞。

请君试问东流水，别意与之谁短长？

茶选花诗七首

插花吟

〔宋〕邵雍

头上花枝照酒卮，酒卮中有好花枝。

身经两世太平日，眼见四朝全盛时。

况复筋骸粗康健，那堪时节正芳菲。

酒涵花影红光溜，争忍花前不醉归。

庆全庵桃花

〔宋〕谢枋得

寻得桃源好避秦，桃红又是一年春。

花飞莫遣随流水，怕有渔郎来问津。

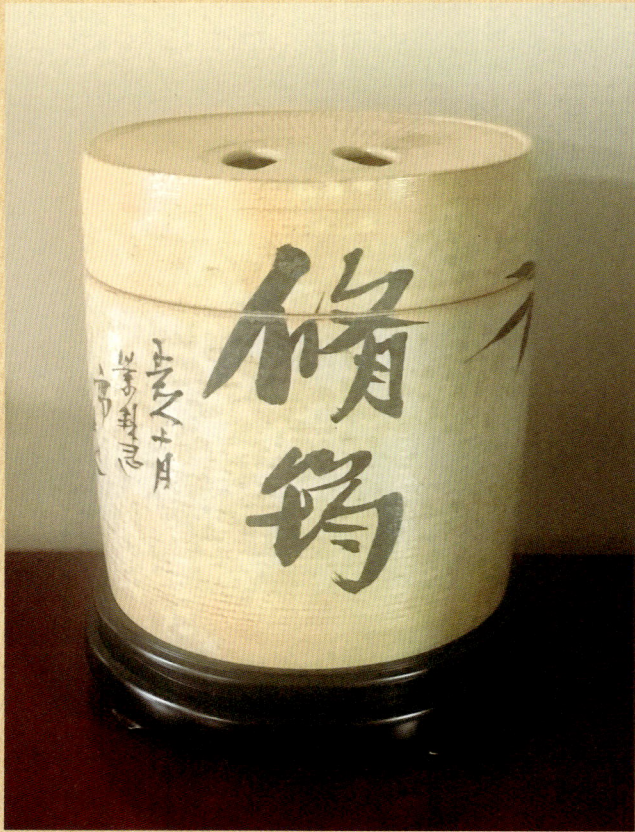

近日得秦岭安康"龙王泉之泡茶硒水",佳泉矣……品世上不多见的"四十年农家六堡老茶",持杯赞曰:

潺潺龙泉来,袅袅凉云起。池中谁在戏,荷上初成子。

取来茶盏歇,老味无穷已。茶老寿如山,其香亦真水。

集成瓷几个,今雨旧雨似。入口好个秀,茗韵应如此。

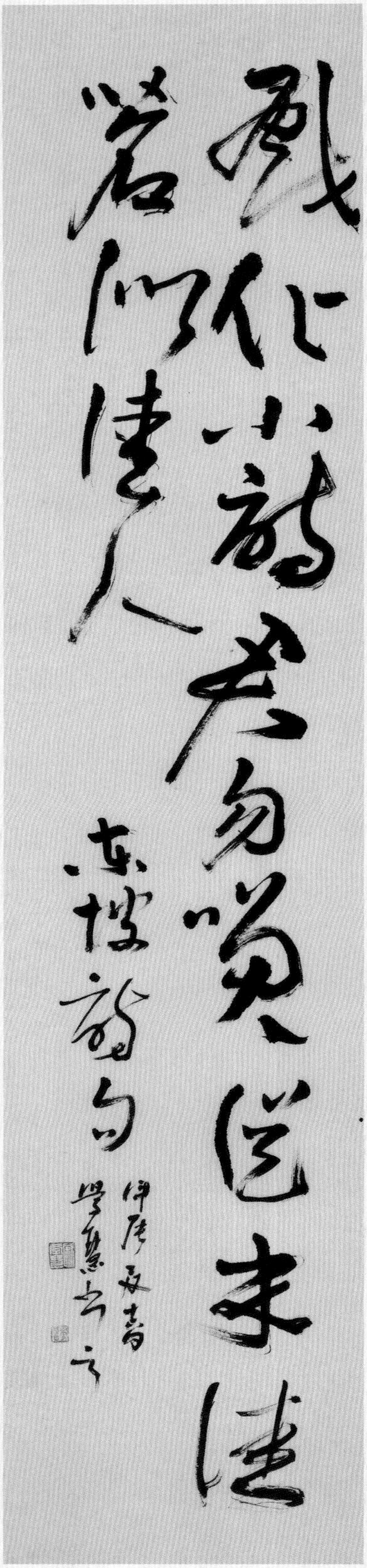

岩間佳人戲化小龍老勿嗔送來連

東坡句 庚寅夏書
學熹之

　　品著名的无人不知又无人知晓的大茗"山鬼茶"（跨越六类茶而拼配），何味？"被石兰兮带杜衡，折芳馨兮遗所思。""山中人兮芳杜若，饮石泉兮荫松柏。"（屈原《九歌·山鬼》）有道是：

　　本在天上神仙有，何故坐客我家求。

　　说是银河发大水，飞流三千自来投。

杨柳絮与苦菜花啜

　　京城正当季,杨柳絮纷飞,如醉如痴,无处不在,落在大路旁,落在小花边,轻盈飘逸,花黄光耀……吾取白絮一团,伴随茶间,独品《杨柳絮与苦菜花啜》。

啜花
品茶
　　2003 年武夷老肉桂、自拼三家拼大红袍、陈年单丛等。

　　杨柳絮是杨树、柳树的种子成熟后开裂，其白絮伴空气飘游，落地生长，这是杨树繁殖的方法。北京在春天四五月份是杨柳絮大行其道的时候，如漫天飘雪，成团成球，集于避风之处，如遇阵风，又骤然升高泛起，打着旋儿扑面而来，让人心烦，它是春天一道烦心的风景，是小孩子追捉的游戏和乐趣。

　　小时候曾听大人讲老故事，说"后妈用杨柳絮给不是亲生儿子做冬衣，而给亲生儿子用棉花做棉衣"，这是令人心酸的故事。

品 2003 年武夷肉桂。

應無所住而生其心

丁亥年秋月二十五日

學慧敬書 子儒 悅心

　　夜晚清凉，心闲，信笔含墨，出于感觉，写墨竹于磁州窑"侧把大龙蛋壶"上，墨怕水，泡茶轻轻，不敢造次，慢入水，静出汤，悠哉！乐哉！

　　啜自拼陈年大红袍，如春风春雨的滋润。啜一壶一杯大红袍。（特别提示：此大红袍选用琪明、夷仁和瑞泉三家和合而成之岩茶，天下唯一，世间不二）

　　应朋友之邀去昌平延寿寺拜访，路上才知，原来是我 1973 年前后学农（上山下乡）的地方，算起来已经快五十年了。时光荏苒，如梦如幻，不禁感慨一番……

　　延寿寺坐落在昌平黑山寨附近，寺内有八百多年的"蟠龙松"和五百多年的"凤凰松"，龙凤呈祥。寺中还有清泉名为"长寿泉"……当下煮泉沏老单丛茶，顿觉神悟，入"玻璃光"仙境也。

杨柳絮与
二月兰啜

傍晚，喜见二月兰在白絮如棉中开放，真好！

又品《杨柳絮与二月兰啜》。

啜花
品茶
2012 年"慧苑老丛水仙"、2012 年"苍顺"六堡茶、二十世纪八十年代白毫银针、湖南安化芙蓉山 2011 年"太空千两茶"等。

因疫情风紧，独啜"夷仁茶家"2012 年的"慧苑老丛水仙"，用武夷山泉水沏之，入口，满口"醇得一塌糊涂"，火香茶香渺渺，汤感圆润细腻，口感如胶似漆，求之不得，难得的好茶。

正是：袅袅临窗竹，蔼蔼烟云中。名泉无秋霜，山霞艳火红。大茗催清月，九曲回肠风。又诗云：大好时节饮三碗，听到石乳涓涓来。活水源头有老树，坐等醇韵岩骨脉。

西山品 2012 年"苍顺"六堡茶。

六堡茶"仓味"与普洱茶，世上说的不是一回事，概念要明确，要实事求是地分析和区别，特别是对六堡茶陈香评价……混谈概念或一概而论的"仓味"理念是很麻烦的。六堡的"仓味"（这里特指六堡的陈香）是不能没有的，这与"槟榔香"有关……六堡要不要"仓味"（这里特指传统的陈香），是关系到六堡茶的传承和发展的大事，就像茅台酒去掉酱香一样。如果没有，我们这些老六堡茶人（2003 年开始喝传统的六堡茶），就会"索然无味"，就像"臭豆腐"不臭、"臭鳜鱼"不美一样。但随着制茶工艺的加工"当代化"和新生一代喝六堡的人兴起及其对六堡茶味觉的要求（爱好），新六堡茶的"仓味"（陈味）就会越来越"淡"，越来越"干净"，这也是一件没办法的事。

这是一款二十世纪八十年代的白毫银针，老银针。

这款老茶，凤毛麟角，在这个世界上拥有它的人，很少很少……

今儿吉日，茶量止于三克，用北京阳台山泉沏之……色香味惊艳。很多人不知道真正老银针的厉害，品了它再喝其他茶，皆失滋味了。杜甫诗云："会当凌绝顶，一览众山小。"如是也！

用"钧瓷提梁竹节壶"泡湖南安化芙蓉山 2011 年"太空千两茶"，味道甘醇得不一般。

洛
阳
牡
丹
啜

| 美学语录 |

夫美不自美，因人而彰。
兰亭也，不遭右军，则清湍修竹，
芜没于空山矣。

——〔唐〕柳宗元

谷雨时节在京城的洛阳牡丹眨眼之间就开放，惊艳，"二乔"娇，"魏紫"俏……美不胜收。

正巧，龙井村戚家狮子峰龙井茶也到了，花与茶的色香味俱全……正是举办《洛阳牡丹啜》的时候。

啜花品茶 龙井村狮子峰茶园龙井茶、不知年六堡老茶、2020 年天福茗茶"桂花乌龙"、二十世纪八十年代安化千两茶、2011 年武夷正岩茶"竹窠肉桂"、大马仓二十世纪八十年代"四宝正老"六堡茶等。

品龙井村狮子峰茶园龙井茶。

　　洛阳是十三朝古都，有"千年帝都，牡丹花城"的美称。洛阳牡丹的特点是花朵硕大，花色奇绝，花质细腻，柔似绸缎，不愧有"洛阳牡丹甲天下"的美称。

　　牡丹栽培源于河洛（河洛是指以洛阳为中心，黄河与洛水交汇流域），至今已有一千六百多年历史，如今的洛阳牡丹花会，以花为媒，以花会友，牡丹文化丰富多彩，已成为洛阳响亮的名片。正是"洛阳地脉花最宜，牡丹尤为天下奇"。2018 年洛阳朋友送我洛阳牡丹十二株六个品种于闲地栽种有五年，年后春日花开，惊艳清冷，来观者甚多，无不赞美。

寒春流寒，雀喳喳……

饭要做，茶要吃……

窗外日头高高挂，好暖！余持陶壶，用做饭的炉灶温煮不知年六堡老茶，汤厚而清，茶气如云，徐徐而来，载荷香有果香，转眼，已是满室茶香竹香……（提示：炉灶煮茶，壶有险情，勿轻易效仿）

　　2004年曾收了两把"天福陆羽小壶"，小巧玲珑，一把已经在几年前"碎碎平安"，只剩下这一把了。想想，已是一十八载，如"沧海桑田"。

　　今天品天福茗茶2020年"桂花乌龙"，按年头正是喝的时候，汤色金黄明亮，味如初，口含三秒徐徐咽下，稠稠的，香香的，太好喝了……

品二十世纪八十年代安化千两茶：沸水泡五道后，用家中灶火陶壶煮之，持大碗饮之，痛快。

"竹窠"位于武夷山核心产区"三坑两涧"中的慧苑坑内，是慧苑坑里更为核心的一个产区，海拔高度在 290—500 米，原生态环境保护完好，是一个天然的山间谷地，自古便是产茶胜地。

太阳升起和落下是一样的，这边升就是那边落，这边落就是那边升……

"竹窠肉桂"是武夷正岩茶中的岩上岩之茶瑰宝，能喝到真的很难，更何况老茶了。此时独乐，沏 2011 年"竹窠肉桂"，随后上炉灶"温煮"之，三杯畅饮，乐陶陶，喜曰：什么"马牛狗肉"都不在话下了。

用黑陶大壶，上炉灶煮"大马仓"二十世纪八十年代的"四宝正老六堡茶"，味最酽。

紫藤花啜

| 美学语录 |

我所说的美，指的是物体借以引起人们爱慕或某种类似的激情的一种或几种品质。

—— [英] 洛克

沙尘暴又要路过北京，赶着拍照一下紫藤花……

品《紫藤花啜》。

啜花品茶　2022 年春"径山禅茶"（绿茶）、1990 年"瑞泉慧苑坑老岩"、二十世纪八十年代广西梧州著名"无土六堡茶"、2013 年"瑞泉大红袍"、"老金骏眉"等。

品 2022 年春"径山禅茶"（绿茶）。

紫藤是豆科紫藤属植物，落叶藤本，是一种攀援大藤本植物。

紫藤姿态优美，虬枝盘干，绿叶似碧。紫藤花朵下垂，似紫色瀑布一般，壮丽而梦幻，又如万千紫蝶飞舞落藤一般。李白《紫藤树》曰："紫藤挂云木，花蔓宜阳春。密叶隐歌鸟，香风留美人。"《花经》曰："紫藤缘木而上，条蔓纤结，与树连理，瞻彼屈曲蜿蜒之伏，有若蛟龙出没于波涛间。仲春开花，披垂摇曳，宛如璎珞，坐卧其下，浑可忘世。"

　　天丽朗朗，真不冷……排队测核酸的人们自觉相隔两三米依次而行，比原来有人维持秩序还井井有条……

　　晨光过后，品 1990 年"瑞泉慧苑坑老岩"，汤厚馥郁，丝丝细雨，可是滋润。再用灶火陶壶煮之，茶香满室，无以言表。正是："借问炊烟香何物，只是煮了一壶茶。"

晨光熹微，早饭后持广西钦州坭兴陶茶壶、茶杯，畅饮二十世纪八十年代广西梧州著名"无土六堡茶"，杯杯如醍醐甘露，慢炖之，更是醇上加醇，其味难求，兴之无忘。

今天丽日，风很大……

用银壶灶火煮水，沏 2013 年"瑞泉大红袍"，茶过三巡，微风习习，似再游武夷山的牛栏坑、鬼洞、曼陀峰之景，天空晴朗，山花野草树木葱茏，百香百味入茶香，不亦乐乎！

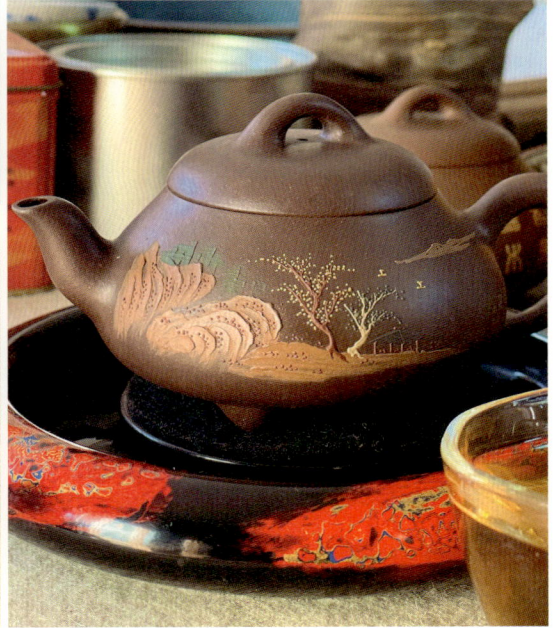

　　武夷山桐木关常出现"雾凇冰挂"现象，向那里的朋友借用几张"冰挂茶花茶树"照片，漂亮至极，温馨的冰凉。

　　以此为由，持大银壶灶火泡煮"老金骏眉"（约八年），品后全身发热，在午后阳光普照下，顿感暖洋洋的……

紫花地丁啜

| 美学语录 |

　　美不是事物本身的属性，它只存在于观赏者的心里。每一个人心里见出一种不同的美。

——［英］休谟

天朗朗，品《紫花地丁啜》。

啜花品茶　百年普洱"敬昌号"、二十世纪七十年代四川雅安茶厂"团结牌"砖茶、1979 年云南省盐津茶厂老康砖（两种）等。

紫花地丁，多年生宿根草本，无地上茎，为早春观赏花卉，别名野堇菜等。全国很多地区都有生长，多生于田间荒地、山坡草丛等处。其花分紫堇色和淡紫色，稀呈白色。北京紫花地丁4、5月开花。紫花地丁药用可清热解毒，凉血消肿。其嫩叶可作野菜。

古希腊传说中有紫花地丁故事。法国图卢兹每年2月举办"紫花地丁节"。

品凤庆"香竹箐"大古树茶，百年"敬昌号"老生普。

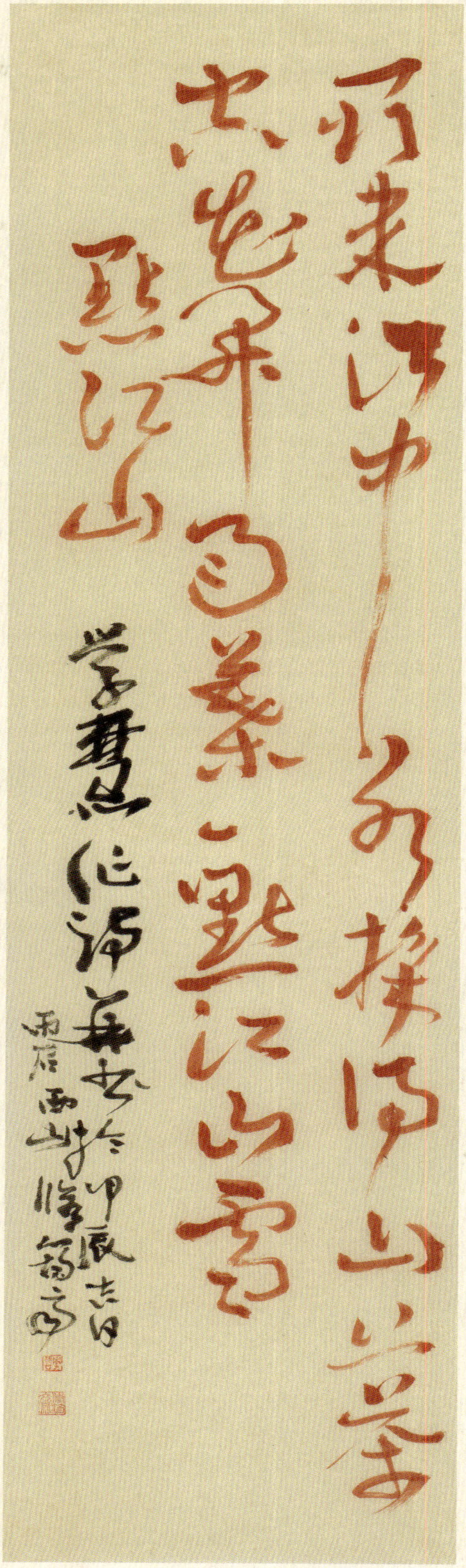

今天阳光依然明媚……

上午找出二十世纪七十年代四川雅安茶厂"团结牌"砖茶，用家中灶火银壶煮泉，沏沏，其汤色如清油，入口似有淡淡的茶油香，无味不杂陈，气息上升而来，像是回到了雅安的山山水水中……

彩虹茶空　范扬题

茗言：当下"吃茶去"，吃得"禅茶一味"，悟了"茶本无味"之究竟。看茶是茶，一盏香茗一瓢饮；看茶似茶，益思禅定可清心；看茶非茶，五蕴皆空般若现；看茶为茶，真我本色天地间。

朋友问我茶和酒谁高？我说喝酒的时候酒高，喝茶的时候茶高。茶酒都喝一样高，茶酒都不喝不知道谁高。除此之外，谁又说得清呢？

茶酒简述：茶，叶之水；酒，果之水。茶酒皆属水，茶性寒，酒性亦寒。茶与酒产生时间谁早，众说纷纭，可能难分先后。茶与酒相提并论的记载，可见《三国志·吴书·韦曜传》："曜……初见礼异时，常为裁减，或密赐茶荈以当酒。"茶酒功效说："驱愁知酒力，破睡见茶功。"可见一斑。说酒消愁，愁不愁？！说茶解闷，闷不闷？！茶酒都会给人以安慰，只不过安慰的感觉不同罢了。茶羽化，酒侠客；茶主静，酒主动。茶苦水甘香，酒辣火醇香，香甜苦辣涩都是生活的滋味。茶醉人，酒醉人，醉了伤不起神。

杏酒：自古都有用水果、植物、昆虫和动物等泡酒的习俗，常称为"药酒"。但我们独喜水果泡酒，如苹果、鸭梨、桑葚、李子和杏等，在水果泡酒中，经过多年的实践，唯独爱杏儿泡酒，无论香气、口感和酒后的体感均为上乘。杏泡酒对杏品种及产地选用，非常重要，如河北沙城"石片黄杏"、北京北安河杏和新疆杏等为佳，这些地方的杏香甜可口，果实坚实，尤其用半生不熟的果实最好。如果条件容许可以从青杏泡起，在杏子成熟过程中分批入酒，口感独特，十分有趣。泡杏酒时间在三个月后即可饮用，一般三斤杏可泡五斤酒，随个人口感和习惯，随机调整，总之基本标准是"丰俭由人"，"一年一度"。饮泡杏酒有几种情况：有的一次喝完后就不再留用；有的边喝边加入酒，到自认为"味尽"为止；有的边喝边换杏入酒，到自认为"味足"为止；有的先喝完再重新加酒炮制，但一般不超过两回，如果泡的时间长比如超过一年，常常酒的杏肉香减少，杏仁香就会泡出来，也是别有一番滋味，也好喝。酒泡后的杏苦辣无比，不能食用。

杏泡酒多用五十度以上清香型粮食酒，泡后杏酒的度数一般在五十度以下，适合饮用。杏酒的保健作用多随杏和酒功能而定，实践证明杏酒的安神助眠效果最好。

各地都有好杏，根据自己的条件和缘分酌定，没有唯一和必须。我们多用河北沙城"石片黄杏"，北京北安河杏和新疆等地的杏也是一种"方便"。

一、宋诗三首

1.〔宋〕苏东坡《和黄鲁直烧香二首》

四句烧香偈子，随香遍满东南。不是闻思所及，且令鼻观先参。

万卷明窗小字，眼花只有斓斑。一炷烟消火冷，半生身老心闲。

2.〔宋〕黄庭坚《题海首座壁》

骑虎度诸岭，入鸥同一波。香寒明鼻观，日永称头陀。

3.〔宋〕朱熹《梅花开尽不及吟赏感叹成诗聊贻同好二首 其二》

棐几冰壶在，梅梢雪蕊空。不堪三弄咽，谁与一尊同。鼻观残香里，心期昨梦中。那知北枝北，犹有未开丛。

二、酒道之要

眼观色，鼻观香，体观味，眼鼻体（口）和合，达以心（情）观之，可得"忘我"佳境之乐也。

三、简说品白酒之标准

一等品，一条线，顺滑入喉；二等品，可下咽，勉强下咽；三等品，满口辣，极难下咽；四等品，冲上头，不可下咽。　　摘自朱东飞白酒评述。

关于茶的一问一答

问：喝老茶有时觉得茶汤感很薄，似空掉了。其香气变得柔和没有那么有棱有角了，隐隐有些许的木本香气，香是舒服的，精华似乎集中在第一道汤里，后面微显汤淡。不知为何？是不是当年新茶就没那么优秀？

答：老茶等级在当年可能不高，常有的情况。

问：喝老茶的好处是什么？

答：喝老茶不能用新茶色香味比，好的老茶韵味十足，可以羽化，新茶则难。

如二十世纪九十年代前的岩茶树种、等级、工艺和土壤等环境变化……一般说来，好的老茶"能量"即内敛力比较大，最益身体（肠胃等）和修养。常喝老茶或淡茶才能慢慢体会到，这里面也有一个悟性问题。相反，很多人喝茶越喝越浓，否则就没味，长此以往不利历练，是件很麻烦的事。

傍晚，月亮早早地挂在树梢上。

茶思：

自律如月，是一种境界，心达律己，清风自在。

自律是慎独。慎独是至高的自律。慎言不人云亦云。慎行要言行一致，"不欺暗室"。

自律是知止。知止而后有定，定而后能安，能安自警。自警者，必存敬畏之心，不妄言妄行。自警者，自得自安，病毒不侵。

故，自律才可以自由自在。

品 1979 年云南省盐津茶厂老康砖（两种），味醇水嫩，香柔如奶，儒茶内秀，温暖脾肺，好喝得不得了。

正是："云入滇，白水边，金津玉液半杯生，三杯美茗安闲雅成。"

中国国家博物馆的"孔子像"

樱花醒悟啜

| 美学语录 |

美总是随着关系而产生，而增长，而变化，而衰退，而消失。

——［法］狄德罗

阳光斜照，透过层层枝叶洒在彩色的土地上，樱花开过，落下帷幕，一片斑斓色彩的世界，入画，眼帘感觉真的是幸福快乐的……生命不息。

到家，寄情于此，品《樱花醒悟啜》。

啜花品茶　二十世纪九十年代"宋种单丛"、2017 年"宋种竹叶香单丛"、2017 年前后的"姜母香单丛"、武夷老岩茶"曦瓜海西一号"、武夷老岩茶"陈年铁罗汉"、武夷老岩茶"瑞泉雪梨"、二十世纪九十年代"夷仁茶宝"等。

怪紫淺紫

學慧書于岠山

187

不知道为啥，地上的小竹子这枝绿那枝黄……

潮州凤凰单丛茶里"宋种单丛"最牛，"老宋种"就更是凤毛麟角了，难求。

今天用银壶灶火烧泉水，品二十世纪九十年代"宋种单丛"，一杯得无味，两杯香出奇，三杯过后尽开颜……

正是：山重水复天池路，宋皇仙迹乌岽山。轻轻叩问谁家有，西山竹林有一村。

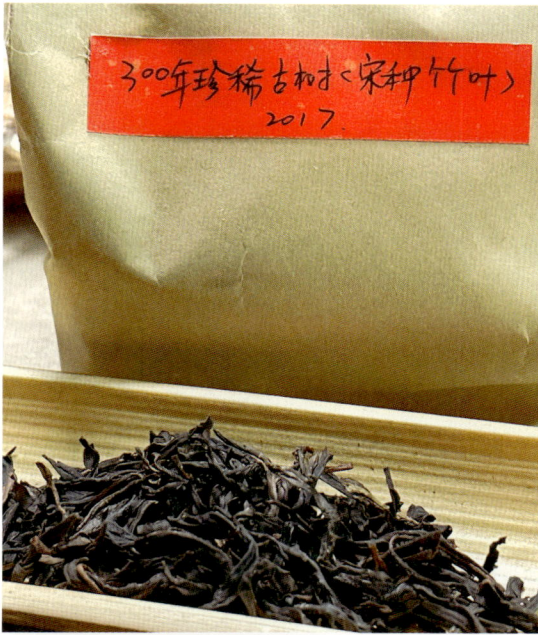

今日似有沙尘暴，空气昏昏，日亮如月显银盘……

傍晚啜茗：一品 2017 年"宋种竹叶香单丛"（其树龄三百年）。二品 2017 年前后的"姜母香单丛"。

二茶皆为潮州乌岽山珍稀名贵品种，难得好喝的茶，观其名即知茶的色香味，名副其实，不在话下。

昨夜狂风怒号，似风声鹤唳。也不知道谁家窗户没关好，咚咚如战鼓，声声震楼宇，好个草木皆兵之惊。亏有茗言在心，不怕！"任凭风浪起，稳坐啜茗台。"

品武夷老岩茶三种：1."曦瓜海西一号"；2."陈年铁罗汉"；3."瑞泉雪梨"。锵锵三茶啜，一杯曰诚，二杯曰乐，三杯曰静。最后三茶归一，慢火煮之，和和气气，好一个天下大茗美名扬！

大山里静悄悄的，偶尔鸟飞过蓝天白云，寂静的美！

趁着阳光，正好品尝二十世纪九十年代"夷仁茶宝"，老岩茶不得了，忠厚朴实，没有一点新茶的躁香轻浮，似显酱香，味道厚实。有诗赞曰：

霞光满壶山气在，名涧奇种百花园。

岩骨花香石乳味，涓涓细流入丹泉。

小雨廬風竹
辛卯 葉尚青

二乔牡丹花啜

| 美学语录 |

感性认识的完善——美。

——[德] 鲍姆嘉登

公园观牡丹，洛阳牡丹"二乔"争艳，好一个大好时光……

品《二乔牡丹花啜》。

啜花品茶 *2008 年"琪明大红袍"、2004 年"昌辉大红袍"、2005 年"九曲武夷流香"、1993 年梧州中茶熟茶六堡、"老丛八仙"茶、2015 年"冬蜜腌苦单丛"、1995 年安徽"祁门红茶"等。*

　　二乔牡丹又名洛阳锦、花二乔，复色系牡丹品种，同株同开红粉两色花，或同朵生粉红两色，光彩夺目，初见者无不惊艳。二乔出自洛阳，是传统珍品，在牡丹复色系中名列前茅。据说"二乔"名字有感于三国时期的大乔小乔而得其名。文中牡丹园里还有赵粉、魏紫等名品。

　　宋代关于花木的名著有周师厚的《洛阳花木记》和欧阳修的《洛阳牡丹记》。周师厚的《洛阳花木记》记载了牡丹一百零九个品种，芍药四十一个品种，等等，堪称洛阳花木详细的名录。《洛阳花木记》中载："二色红，千叶红花也。元丰中出于银李园中，于接头一本上歧分为二色，一浅一深。"一般认为这里所说"二色红"就是二乔。欧阳修的《洛阳牡丹记》分三篇："花品叙""花释名"和"风俗记"。

早晨风停阳光媚……

品武夷"老岩"：1. 2008 年"琪明大红袍"。2. 2004 年"昌辉大红袍"。3. 2005 年"九曲武夷流香"。一杯曰善，一杯曰忍，一杯曰禅，三茶合而煮之，茶道就在汤里了。

早饭：一碗绿豆汤加绿豆粥，一枚"三茶煮鸡蛋"（三茶为福建武夷肉桂、湖南安化天尖和广西六堡茶，用量各五克）。

说起来喝广西六堡茶近二十年了，从 2003 年"非典"疫情时候开始到现在，从一个"疫情"喝到另一个"疫情"。那时候喝六堡茶的人凤毛麟角，尤其第一次喝六堡茶的往往说口感是"臭"的，故问津的人很少。现在喝六堡茶的人越来越多，故说"能不能喝懂六堡茶是茶人最后的课题"，这是千真万确的真理。

　　大约在 2005 年收存的 1993 年梧州中茶茶筐一部分，按现在的说法属于"生六堡"类，那时候的价格相当便宜。今天喝喝，口感和体感很满意。

潮汕有佳茗佳饮：

1. 用"龙行大盖碗"沸水泡"老丛八仙"茶，奇茗好，香盖世。

2. 沏 2015 年的"冬蜜腌苦单丛"，大杯慢饮，甜甜蜜蜜，而后丛韵茶味轻起，回甘微苦。"冬蜜腌苦丛"是潮汕传统配方佳饮，有祛寒、润肺、降肝火等功效。配料是：乌岽山古树苦种水仙茶，潮州天然冬蜜。其长期浸泡效果更佳。

老祁红(95年)

　　西边的太阳快要落山了……

　　用老铜壶煮山泉水，品 1995 年的安徽"祁门红茶"，近二十年的珍藏，自然是品鉴最佳时，味醇香润，"祁红特绝群芳最，清誉高香不二门。"

野
地
黄
花
啜

｜美学语录｜

美，它的判定只以单纯形
式的合目的性，即无目的的合
目的性为根据的。

——［德］康德

游于自然，怡情养性，不惑，存天地精气神，无忧矣。

前日，游百望山森林公园，偶遇野地黄花开一片，难得。想想，自然界竟是这么奇妙，人类等动物有多少病，大自然就会有多少治这些病的草药……这就是中医最伟大的地方，随着人类文明的进步和发展，就会越来越证明中医是大科学。

亲近自然，融于自然，品《野地黄花啜》。

（啜花品茶）瑞芳老树梅占"喜芳"、瑞泉岩茶（十二代）、匡时岩茶"山静日长"、郎韵大红袍、2000 年六堡茶、湖南黄茶君山银针、2013 年"戚家龙井"、2010 年崂山绿茶、2000 年广西绿茶、2013 年贵州老绿等。

　　野生地黄，多年生草本，别名酒壶花等，全国各地分布广泛。《千金方》："治恶疮似癞者，地黄叶捣烂日涂，盐汤先洗。"地黄性凉，味甘苦，具有滋阴补肾、养血补血、凉血的功效。地黄花药性一般用于消渴、肾虚腰痛。地黄全身都是宝。

　　秋季采收，鲜用的称为"鲜地黄"，经过加工的称"熟地黄"，药性偏温。

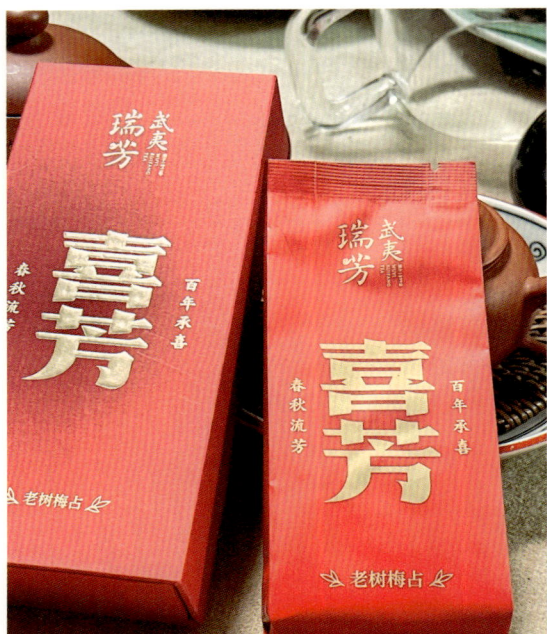

喜集四款名茶：1. 瑞芳老树梅占。2. 瑞泉十二代。3. 匡时山静日长。4. 郎韵大红袍。

好茶不胜数，择其一而品之，梅香兰香，扑鼻而来……知足。

大约十五年前后在"一席堂"买了梧州中茶篓茶的中间一层（坨），是 2000 年左右的茶，按现在说属六堡熟茶。今日取五克开汤：味感厚，陈香显，体感暖，微发汗，真好！

　　一般说来，六堡茶正确存放十五年以上都很好喝。同一种茶在不同地方（广西、北京、马来西亚等）存放，其韵味差异不等，在不同季节喝也会有微妙差别。同是一篓茶上中下层因初始的含水量不同，口感变化亦不同，甚至同时把上中下的茶一起比较喝，非此非彼，判若两茶，如果没有"实战"经验的话，往往误判而"打眼"。同一批茶不同篓味似不同也是常有的事。所以，只有多喝多实践才行。

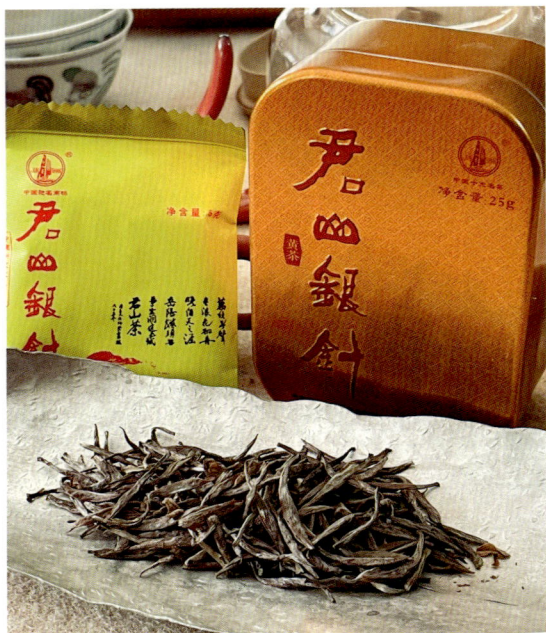

许多时候，我们忽视了黄茶的作用，其实它的功效不亚于白茶。在黄茶制作中有"闷黄"工艺，除形成独特口感外，对肠胃非常适宜。这里所说，与那些把黄茶制成如绿茶一样的无关。

黄茶中比较喜欢"君山银针"，2010年前后曾去过几次湖南洞庭湖君山实地考察。"君山银针"色雅味醇，如饮鸣泉，叮叮当当，明心见性。沏"君山银针"常用玻璃杯泡法，有"三起三落"之趣。今天用盖碗沸水冲泡，茶汤分离，味最好吃。

往事不回头，回眸为前头，唯茶德馨。

用德化白瓷大壶沸水沏 2013 年前后龙井村的"戚家龙井"，再持德化手工画朱竹白瓷杯饮之，然然，描述龙井茶的套话似乎荡然无存，不做作，只有山茫茫，树氤氲，叶嘉嘉。好一个龙井老茶：

世人只晓新茶香，哪知茶老味更俏。

龙井村头坐一坐，问泉说井谈茶笑。

品南北"老绿"茶：1. 2010 年的崂山绿茶。2. 2000 年的广西绿茶。3. 2013 年的贵州老绿。

"沸水"沏之，其汤黄亮，口感细腻，香韵悠扬，润得很，雅得很，若论其优势全在于养肠胃。肠胃是人后天之本，不可不养，如此，老绿当之无愧也。

春雨图

2022 年 4 月

25

壬寅虎年三月二十五日

17:49 来自 | 自在三吾微博

落
花
啜

| 美学语录 |

　　游戏冲动的对象可以叫作
活的形象，这个概念指现象的
一切美的性质，总之，指最广
义的美。

——［德］席勒

　　今天下午时时风起，牡丹花落，依旧，风范犹存，一如初色，沾手迷心。

　　　落花不是无灵物，化作香汤仙人茶。

　　　收得繁华不入泥，来朝谷雨赴我家。

诗不成诗，意是真意。

喜品《落花啜》。

啜花
品茶　*2008 年福鼎高山村"明露香"白毫银针、桂林山水盒（二十世纪
九十年代）、无土黑盒（二十世纪九十年代）、木纹黄盒（不知年）、
乙酉年（2005 年）"金达摩普洱茶"、2008 年"蜜桃香"单丛等。*

　　太阳公公又到西山那边去了，山的那边，估计已望到黎明的曙光……

　　品 2008 年福鼎高山村"明露香"白毫银针。用银壶烧水，沸沸，待静冲之，大杯慢呷，纯似泉，至白味，天然生，地造长，简约成，尽在一杯仙来水。

钧瓷老茶杯佳茗六品。

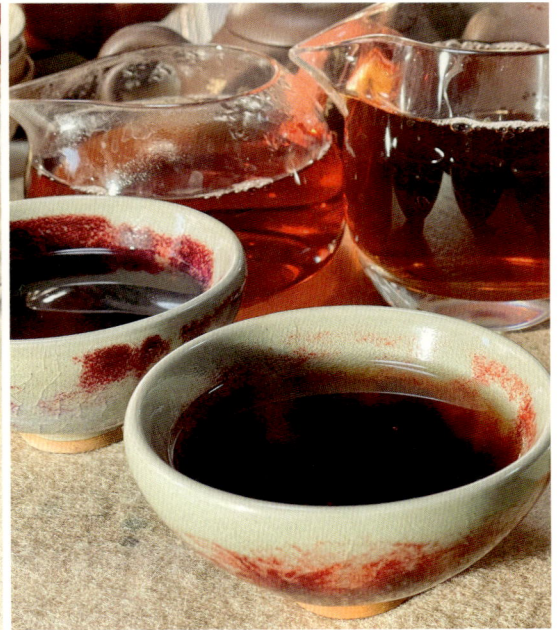

早晨喝茶好！

选钧瓷老茶杯三只，品梧州中茶之"外贸三君子"六堡茶：1. 桂林山水盒（二十世纪九十年代）。2. 无土黑盒（二十世纪九十年代）。3. 木纹黄盒（不知年）。

好茶喝后自生喜悦感。如《诗经·君子阳阳》云："君子阳阳，左执簧，右招我由房，其乐只且！君子陶陶，左执翿，右招我由敖，其乐只且！"

戏墨画竹后，品"今雨轩"乙酉年（2005 年）"金达摩普洱茶"。开汤金黄，兰香飘溢，甜润醇和，水活甘久，茶气力透，其味无穷，意无穷。如是，金汤普洱也！

初冬时有人说今年是暖冬，现在看起来不太像，冰厚如坚石……

论起潮州单丛茶存放的效果，按品种讲还是"蜜桃香"单丛最佳，这主要是出于京城喝茶实践而言，不敢一概而论，"各村都有各村的效果"，要想把单丛存放好，密封第一重要。

巡山回来，品"永行茶社"2008年"蜜桃香"单丛，汤呈红黄，茶面氤氲，如炊烟袅袅，香起漫境，轻呷一口，细润利咽喉，不寒不火，正当品茗时。

蒲
公
英
啜

　　北京植物园更名为国家植物园，去看看，车到园前已无车位，无奈，改道山下小路，忽见道旁林间茫茫白白，如繁星点点；近观原来是婆婆丁（蒲公英）的花毛毛，布满田野；轻轻执手，即漫天飞舞，如伞兵千万……蒲公英虽然到处可见，但像这么多的还是头一次见到，惊艳！

　　回家品《蒲公英啜》。

啜花品茶 不知年老普洱饼、云南凤庆"凤牌"生普洱饼、自在三吾生普洱饼、勐海双溢熟普洱饼、2004 年武夷"白鸡冠"、2007 年福建福安"坦洋工夫"红茶、2013 年潮州"白仙翁"单丛茶等。

　　蒲公英，菊科，别名黄花地丁等，属多年生草本植物。蒲公英花，低调，果期4—10月。其头状花序，花后种子上呈白色冠头绒球。花头绒球，随风盲飘，漫天，分外欢喜，它飘到哪里就在哪里安家，生长开花。

　　蒲公英，味甘平，无毒。功效：清热解毒，利尿散结。《本草经疏》："蒲公英味甘平，其性无毒。当是入肝入胃，解热凉血之要药。乳痈属肝经，妇人经行后，肝经主事，故主妇人乳痈肿乳毒，并宜生暖之良。"

有感：寒夜去时日渐长，冻山不流渠清。长廊深处有人，秃树不觉粘冰。

时尚早，夜已黑。啜不知年老普暖到心底，红汤金环，茶气纵横，陈香交错，老茶观止。

品云南凤庆茶厂"凤牌"生普、云南双溢茶叶"双溢"老熟普、自在三吾老熟普。

茶，林林总总，不一样的滋味，不一样的茶。

武夷山有四大名丛：铁罗汉、白鸡冠、水金龟、半天妖。其中白鸡冠最为奇特，亦称"道家茶"。

2004 年曾收藏了一点白鸡冠，作为标准样，一般舍不得喝。今习恬淡，用泡普洱茶的云南大盖碗再品。

白鸡冠鲜叶绿中带白，干茶色泽淡黄，其汤晶莹剔透，回甘清凉甘美，其香不高而雅，其味不浓而清。

正是：千载老君道，万古山水茶。两腋清风起，欲上蓬莱霞。

茶人之好在于美茗美器。茶为根本，不能为器舍离茶。反之，茶器精美，亦醉悦人心，不可不求。如有人兼而得之，曰美茶人也。

品 2007 年福建福安"坦洋工夫"红茶。再品 2013 年潮州"白仙翁"单丛茶。

山楂花啜

| 美学语录 |

　　自然美只是为其他对象而美，就是说，为我们，为审美的意识而美。

——［德］黑格尔

今日有雨，漫步，充满喜悦感。

暮春将至，山楂树长满了纯洁的白色花朵。品《山楂花啜》。

啜花
品茶

2004 年前大益（7572）、2007 年福海大叶青饼、2009 年云山贺开山生茶、2010 年"神益紫娟"茶、梧州中茶"比艺双非"六堡茶、2011 年"金宗北斗"岩茶、2007 年李记"漓江乳雪"野生六堡茶等。

黔江山

学慧 书

　　山楂花，花白如蜜，又称山里红花。山楂树在全国各地均有种植。山楂花可入药，山楂果制成酸甜食物，降血脂，开胃健脾。山楂花有很多传说，被喻守护唯一爱。过去欧洲人认为山楂花是可以阻挡邪恶和恶魔的法宝。据说耶稣在死前头上戴的就是山楂树枝制作成的花冠，故山楂树被称为圣木。唐代刘得仁《西园》：

　　　　夏圃秋凉入，树低逢愤欹。水声翻败堰，山翠湿疏篱。

　　　　绿滑莎藏径，红连果压枝。幽人更何事，旦夕与僧期。

观竹，品普洱茶四种：

1. 2004 年前"大益"（7572）。

2. 2007 年福海大叶青饼。

3. 2009 年云山贺开山生茶。

4. 2010 年"神益紫娟"茶。

用紫砂壶和坭兴壶，品今年梧州中茶的六堡茶王"比艺双非"，其等级高，汤色明亮，温润细腻。曰：十年之后，必是一款六堡茶的佼佼者。

品 2011 年 "金宗北斗" 岩茶。

　　宋代点茶，是中国传统饮茶方法，从文献资料来看，点茶初起于唐末五代，盛行于宋，宋徽宗赵佶《大观茶论》是关于宋代点茶的权威性专著，内容反映了宋代茶文化和茶业发展的历史高度。"点茶法"有一套技术程序，其仪轨、方法和茶器都非常讲究，简单地说，点茶是将事先研制的茶叶末，置于茶碗（盏）里，逐步注入沸水，同时用茶筅有规律地匀速搅动，至茶末浮，茶汤如粥，或浓茶或薄茶。宋代斗茶则以茶汤色白且持久为胜。

　　日本茶道是对宋代"径山茶宴"的继承和本土化的发展。现在各地"玩"点茶很多，学宋非宋，高手如云。做茶末的茶品种繁多，玩者，不仅限于传统绿茶类，六大茶类均有研磨成末而点之，其中福鼎白茶、凤凰单丛和老台茶等茶表现出色。

风景这边独好，有好茶勤寻之……

品 2007 年李记"漓江乳雪"野生六堡茶，正是：如山静路长，似烽火长安。不尽茗香烟渺渺，十年过后会茶欢。

青杏儿啜

雨后，傍晚天气很冷，说是京城部分山区还有张家口一带均下雪了……西山有杏，树大果累累，是"间果"护树的时候了，摘下一些……小青杏酸涩味苦，呷一口，味浓烈，满口生津。随后品茗，才显茶最香甜。感而言："美好"常常是"对比"出来的。苦后甘，甜后酸，往往复复。

品《青杏儿啜》。

啜花品茶 *2008 年自在三吾"山鬼茶"、二十世纪九十年代福建福清茉莉花茶、二十世纪九十年代湖北通城茉莉花茶、2005 年武夷山岩茶"向天梅"、2006 年"玉麒麟"、2007 年"紫红袍"岩茶等。*

杏树，落叶乔木。杏儿，果实球形，有白色、黄色至黄红色等，好的杏果肉多汁，甜酸适度。还有主要产杏仁的杏，其杏肉薄味不佳。杏树花期3—4月，果期6—7月。用各种水果泡酒讲究很多，滋味各异，经过常年品饮证明，用杏泡酒最佳，口感香甜适度，不火不燥，饮后安神怡情，似有回甘，佳酒。

今天举办"二老汇"雅集：用北京老茶壶，沏老茉莉花茶（二十世纪九十年代福建福清茉莉花茶、二十世纪九十年代湖北通城茉莉花茶），再用老钧瓷茶杯啜之，天下无二。三十多年的"老茉"汤稠味润，没有新绿的"轻浮"，没有花鲜的"清扬"，唯留醍醐甘露水。许多人不知道，常登"大雅之堂"的茶是茉莉花茶。

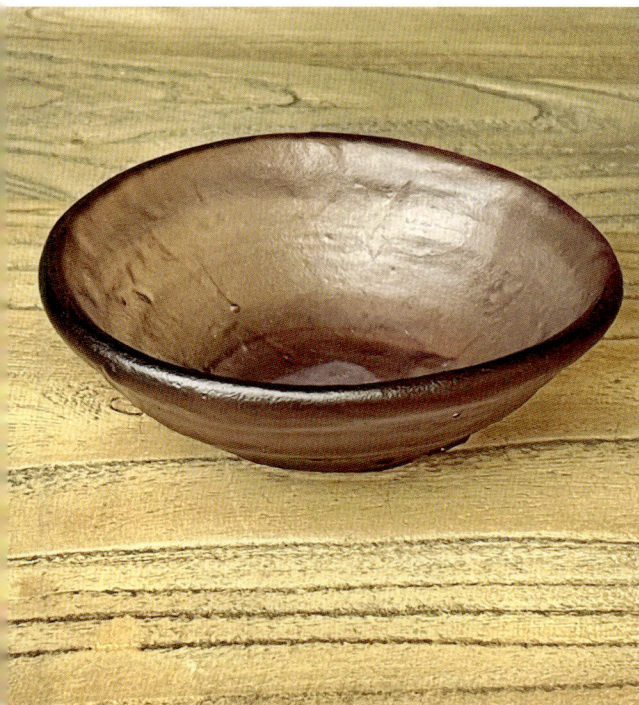

琉璃茶杯

老钧瓷杯

2005 年武夷山岩茶"向天梅"和 2006 年"玉麒麟"，估计世上这样老的极少了，这两泡茶各有七克左右，今天喝了明天就没有了。

　　"向天梅"，其香特别，有梅香含苔味，滋味甘润绵柔，品啜细腻有骨，回味悠长。"玉麒麟"香相和，很美。存放近二十年，岩韵胜似当年，活力满满，不落俗套，真正的好茶呀！

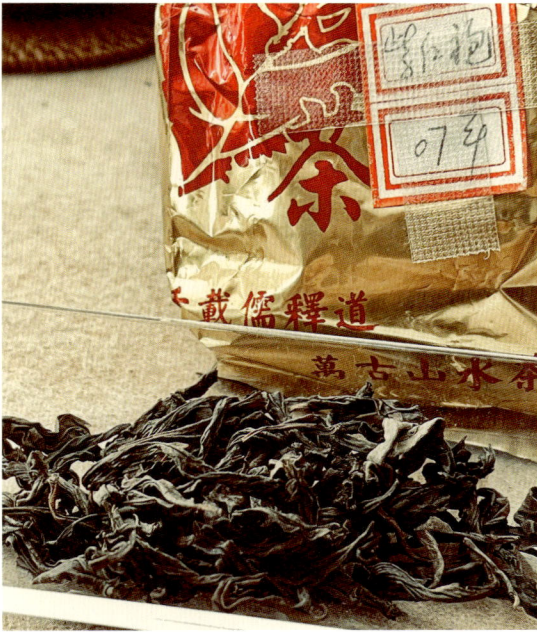

蓝天明亮，品 2007 年"紫红袍"岩茶。这个年头的这个茶，估计连武夷山的茶人都不会有……

　　感曰：奇香如兰，阵阵，不见香烟弥漫，不知香来何处，但闻缈缈，沁人肺腑。若寻其源，不在茶中，不在汤里，又在何处？

松露啜

| 美学语录 |

对于没有音乐感的耳朵来说，再美的音乐也毫无意义，不是对象，因为我的对象只能是我的一种本质力量的确证。

——［德］卡尔·马克思

"新冠"有着漂亮名字和梦幻样子，呈阳多变，先在港城后到海城肆虐，现在又来京城……可恶！老话说"乱是乱不了，就是麻烦点"。

晨凉，早饭吃热粽子。

移步观松，昨夜雨不小，点点露珠占枝头，阵阵飘出淡清香。收些松露珠不多，奉之……在家品《松露啜》。

啜花品茶　*2015 年瑞泉"素心兰"、"老普梅片汤"、二十年老六堡龙珠茶、2016 年老九曲红梅茶等。*

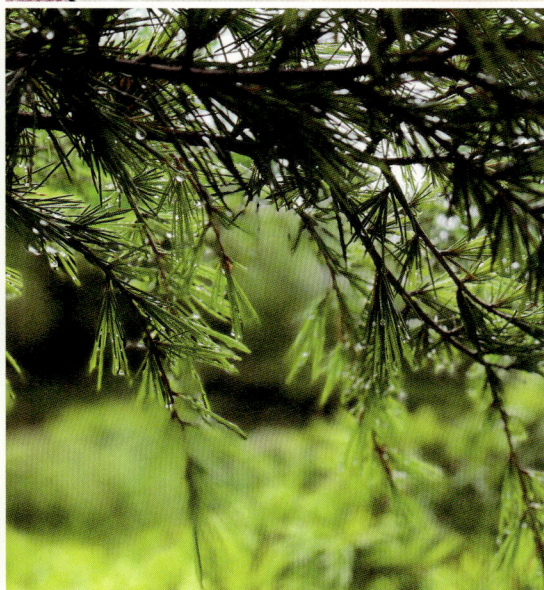

松是松科植物中一属，常绿乔木。中国有二十二种，十变种，分布极广，为重要造林树种。松针、松花和松果等均可入药。松树长青，松树被喻为长寿树，松寓意着坚强不屈、真挚，比喻不畏严寒的精神。

四　松　〔唐〕杜甫

四松初移时，大抵三尺强。别来忽三载，离立如人长。会看根不拔，莫计枝凋伤。

幽色幸秀发，疏柯亦昂藏。所插小藩篱，本亦有堤防。终然振拔损，得吝千叶黄。

敢为故林主，黎庶犹未康。避贼今始归，春草满空堂。览物叹衰谢，及兹慰凄凉。

清风为我起，洒面若微霜。足以送老姿，聊待偃盖张。我生无根蒂，配尔亦茫茫。

有情且赋诗，事迹可两忘。勿矜千载后，惨淡蟠穹苍。

青　松　陈毅

大雪压青松，青松挺且直。要知松高洁，待到雪化时。

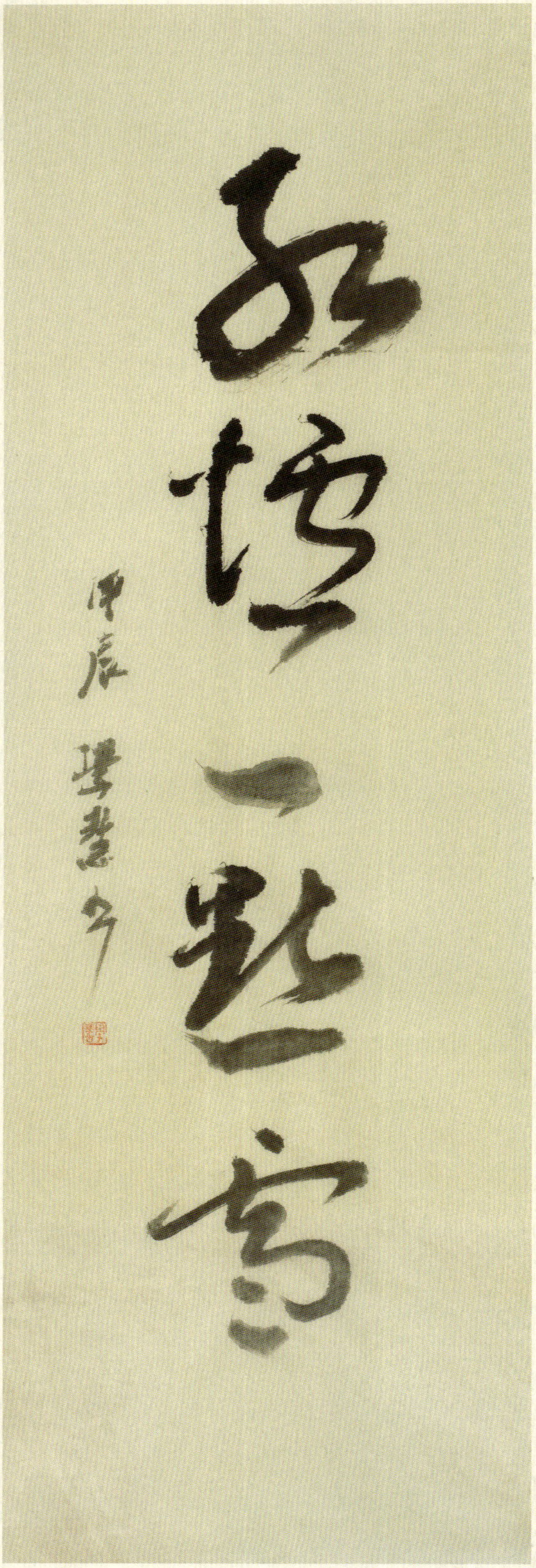

用广西坭兴陶壶品老普洱，红浓陈醇，异曲同工之妙。再微点煮以二十世纪八十年代"天然老梅片"，制成"老普梅片汤"，一口醒脑开窍，两口扶正气，三口心旷神怡……

　　品二十年老六堡龙珠茶（虫屎茶），茶香树香等香一拥而上，如清风过堂，三杯入肚，顿感通透凉意袭来，好个不一般的轻爽，如仙丹妙药矣。

　　虫屎茶（又名龙珠茶、仙丹茶等）常产于广西、江西和云南等地。一般分两类，一类是：小虫寄生于茶，吃茶拉撒而成，此类往往屎与老茶"藕断丝连"，自然而然，茶味大于屎味。还有一类是：人为用茶叶、化香树等野生树叶喂养生产屎，再加工（有加蜂蜜的）炒制而成，故茶味与屎味参半不等。

　　饮者自察，屎路要正，新屎味足，老屎为佳，勿过量饮。

　　《庄子·知北游》："东郭子问于庄子曰：所谓'道'，恶乎在？庄子曰：无所不在。东郭子曰：期而后可。庄子曰：在蝼蚁。曰：何其下邪？曰：在稊稗。曰：何其愈下邪？曰：在瓦甓。曰：何其愈甚邪？曰：在屎溺。东郭子不应。"是说道无所不在……亦在屎溺。

　　道在屎尿中之悟，虫屎茶可得也。

品 2016 年老九曲红梅茶。

2022 年 4 月

28

壬寅虎年三月二十八日

20:00 来自 | 自在三吾微博

仲春牡丹雨落啜

　　下午时分，早已是雨过天晴，阳光斜照，微风扫下叶子上的雨珠，打在脸上顿感凉飕飕的……

　　品《仲春牡丹雨落啜》。

啜花品茶 武夷山琪明烟盒包装岩茶大红袍、肉桂和水仙茶、二十世纪五十年代"普天同庆"六堡茶、二十世纪五十年代"福华号"六堡茶、二十世纪七十年代"四金钱"六堡茶、龙井茶四种和手工奇兰"嗣哥"等。

似乎冬天的雪没有下够，春来雨连连。昨夜雨满楼，一直延续到今日上午，雨大时天都下"白"了，西边山头戴上了"云帽子"，就连路边大吊车也在云烟缭绕中，好一幅"烟雨春色图"。

天之风雨霜雪等总是来回转着走，有时忽略了时令，不该来的也来了，像人"生老病死"一样，逃不掉又难料。理性和感性是一个人身上都存在的东西，但人遇事往往会把自己变成两个人，一个是理性的人，一个是感性的人，纠缠……常常感性要战胜理性，于是人变成了感性的人，但心里又不甘，于是嘴上一直说"理性"的话，而做的多是感性的事情。茶人当如是我闻我观，去我执等执……

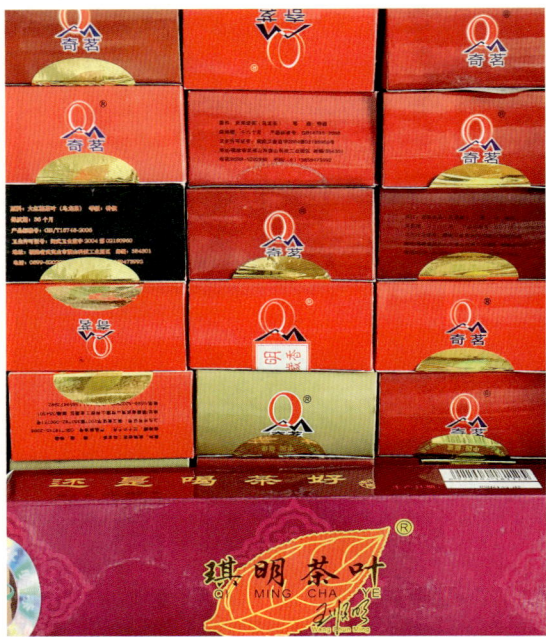

品武夷山琪明岩茶：十五年左右大红袍、肉桂和水仙茶等。

画墨竹，品"大马仓三老六堡"：

1. 二十世纪五十年代"普天同庆"。2. 二十世纪五十年代"福华号"。3. 二十世纪七十年代"四金钱"。

皆为六堡茶天花板级。诚如杜甫诗句云："会当凌绝顶，一览众山小。"

品龙井茶：1. 胡公庙头采群体种。2. 明前狮峰（石灰缸存）。3. 3 月 21 日采狮峰。4. 明前满觉陇（白鹤峰）。正是：花开花落香不同，可欣待，只是一朝美心怀。叶卷叶舒色香味，可悦人，又得几分景明蕙。

品武夷山手工奇兰"嗣哥"。

鸢
尾
花
初
啜

| 美学语录 |

　　事物之所以美，是由于神
住在它们里面。

　　　　——［意大利］托马斯·
阿奎那

早上雨后，品《鸢尾花初啜》。

⬭啜花
　品茶　　安溪老铁观音（2000 年左右）、台湾老乌龙茶、二十世纪九十年代
老六堡茶等。

傍晚，品安溪老铁观音（2000 年前后）和台湾老乌龙茶（2000 年前后）。均用广西坭兴壶沏之，有趣，有味，有感觉。

迎着阳光普照……在北京蓝靛厂"西顶庙"品二十世纪九十年代老六堡茶。传说"碧霞元君乃应九炁而生，受玉帝之命，证位天仙，统摄岳府之神兵天将，并照察人间一切善恶之事"。

北京西顶庙

268

鸢尾花再啜

| 美学语录 |

任何事物，我们在那里面看得见依照我们的理解应当如此的生活，那就是美的；任何东西，凡是显示出生活或使我们想起生活的，那就是美的。

——［俄］车尔尼雪夫斯基

　　一天的时光如电，眨眼，太阳公公转向西边，阳光照耀，鸢尾花艳丽干净，相当喜人……应朋友之邀，特选用"凡·高鸢尾花文创咖啡杯"饮茶，有"所制非所用"之趣，得味。

　　故又品《鸢尾花再啜》。

啜花
品茶　*2018 年武夷山桐木关"璞叶轩老丛红茶"、最早的六堡茶"老茶膏饼"、山东"齐鲁干烘福寿茶"、狗牯脑茶等。*

鸢尾，又名紫蝴蝶、扁竹花等，属多年生草本。原产于中国中部以及日本等地，观赏花种。其花妍美，形似落蝶，蓝紫色彩为多，故称"蓝色妖姬"，花味清淡，国外常用来制香水。

鸢尾是法国国花。在法国，鸢尾是光明和自由的象征。在古埃及代表了力量。在以色列把黄色鸢尾视为黄金的象征。凡·高的油画作品《鸢尾花》颇为著名。

天朗朗，不知寒。

品 2018 年武夷山桐木关"璞叶轩老丛红茶"，初心茶，专心做，乐此事，有传说。若问味如何？有诗赞曰：青山不老，名泉长流。璞叶无华，叶底生花。

竹翠冰清……品天下最早第一六堡茶"老茶膏饼"，沸泉点之，汤绵绵，味中庸，好汤好喝。茶膏更具有健脾清热生津怡神解乏之功效。

喝茶真的是一件大好事，但一定要适量，现实中有很多人喝茶喝坏了身子，常常不是因为茶不好，也不是泡茶的方法不对，更不是水不行，而是把好茶喝得太多太浓了，太想满足自己口感味觉欲望了，长此以往，身体就会发生不良反应，因为不管你是什么人，肠胃都是肉长的，所以说，喝茶健康的本质就是肠胃的适应度的问题，总之过度必"妖"。

一个人喝茶喝久了，当你想选哪种茶喝的时候，往往不是用大脑想出来的，而是你自然而然地用胃"想"出的，是用胃的感觉来决定喝什么茶好的，这是真实不虚的。

金 福壽茶

金汤玉露·福寿绵长

"茶"字上中下相加为"一百零八"，故108岁被称为"茶寿"，同时寿为万福之源，因此福寿茶取福寿绵长之意。

齐鲁干烘福寿茶，省非物质文化遗产，在保留了传统技艺的同时，融合了祁门红茶和大红袍的加工工艺，使齐鲁干烘福寿茶具有酶性发酵和微生物发酵，经木炭初烘、复烘、足火、拉老火的多道工序烘焙；该茶条索乌润，茶性温和，茶汤明红橙亮，火香味醇。

百善孝为先，事亲行孝为人之本，福寿茶，传递一份孝心，送上一份健康，是节庆贺礼、老人生日祝福的最佳礼品。

品山东"齐鲁干烘福寿茶"，口感似岩茶非岩茶，茶气温和，汤感滋润，很适合肠胃……

　　狗牯脑茶是江西珍品绿茶。其产于罗霄山脉狗牯脑山（此山形似狗头，故名曰"狗牯脑"），故茶也因之得名"狗牯脑茶"。

　　遇闷热天，啜之：气韵流畅，清澈见底，如沐山潭，清凉爽暑。又云：常饮，可增智慧。

马
莲
花
啜

　　正值劳动节好时节，大道边小路旁山坡草地，马莲花处处开放，兰姿芊芊，清紫似无香，好亲近。有道是：不辞艰辛蓝紫色，身系香粽百家糯。如此，端午时吃粽子一定要吃马蔺叶系的……

　　期端午节之盼，品《马莲花啜》。

啜花品茶　梧州中茶六堡茶多种、*2013 年洞庭碧螺春茶、2017 年瑞泉之"瑞泉号"等。*

西藏神山"乳泉"。

梧州中茶六堡茶。

天青茶叙杯

品 2013 年洞庭碧螺春茶，十年的时光，其香其味好不滋润，是新茶达不到的境界。有道是："清风生两腋，飘然几欲仙。神游三山去，何似在人间。"

观兰时还有佳茗随……品 2017 年瑞泉之"瑞泉号"。正是：漾漾泉，带天光，澄澄伴得茶树影，石乳汤中静。

野菊花啜

| 美学语录 |

美是理念的感性显现。

——［德］黑格尔

美是有意味的形式。

——［英］克莱夫·贝尔

早晨阳光亮丽，漫步，过石桥走小路，迎面一片野菊处，就是它，好个野菊坡……采菊西山下，悠然见其善。"问君何能尔？心远地自偏。"（陶诗句）优哉游哉，悠哉！品《野菊花啜》。

（啜花品茶）*2010 年福鼎"资国寺"禅茶、二十世纪九十年代福鼎太姥山"观音寺"白毫银针、2000 年前后景迈老生普洱、2014 年"杨聘号"熟普洱、2014 年"上善经典"生普洱、2012 年"国辉神农"大雪山生普洱等。*

283

　　野菊花，为菊科多年生草本植物，其花头圆形，呈黄色。多野生于山坡草地、路旁绿化带等地，常见路边林下沟坡满处泛长，十分壮观。野菊的叶、花及全身可入药，以花入药，用未全开者为佳，有清热解毒、疏风散热等作用。野菊花嫩叶尖食用，有明目佳效。

太阳余晖照在昆明湖上，月亮早已悄悄地爬上枝头，无风故无摇曳……

品 2010 年福鼎"资国寺"禅茶（寿眉）和二十世纪九十年代福鼎太姥山"观音寺"白毫银针。赵朴初《吟茶诗》："七碗受至味，一壶得真趣。空持百千偈，不如吃茶去。"

品 2000 年前后景迈老生普洱、2014 年"杨聘号"熟普洱、2014 年"上善经典"生普洱和 2012 年"国辉神农"大雪山生普洱。

梧
桐
花
啜

| 美学语录 |

美之对象，非特别之物，
而此物之种类之形式；又观之
之我，非特别之我，而纯粹无
欲之我也。

——王国维

人不能专凭直觉说一句
话是真，但可以专凭直觉说一
行为是善，一形象是美。不过
人可以离开人的感觉说善之所
以为善，但不可以离开人的感
觉说美之所以为美。这就是说，
感觉并不是构成善的要素，但
是构成美的要素。

——冯友兰

　　傍晚，有意无意在外吃了饭，这不，成了劳动节前一道美丽的美食，想想，防疫是大事，要讲规矩。傍晚天空显蓝绿色，说明天气洁净得霸道。茶酒不分家，真言，当然茶为先。

　　于是，品《梧桐花啜》。

啜花
品茶　瑞泉岩茶"东方亮"、茶通天地岩茶"王者归来"、梧州中茶"60周年纪念六堡大茶饼"、2006 年云南景谷凤山"驿站"生普饼等。

梧桐，锦葵目梧桐科植物，属落叶大乔木，又称国桐，分布于我国大部分省份。梧桐花淡黄绿色，北京花期在 5 月左右。

梧桐是吉祥之树，被称为灵树。在我国，梧桐树是吉祥的象征，相传凤凰常常栖息在梧桐树上，因此人们喜欢栽种梧桐树，有"种得梧桐引凤凰"之期盼，俗话说："没有梧桐树，引不来金凤凰。"《诗经》："凤凰鸣矣，于彼高冈。梧桐生矣，于彼朝阳。"《楚辞》："皇天平分四时兮，窃独悲此凛秋。白露既下百草兮，奄离披此梧楸。"

物外善多

"味浓香永。醉乡路、成佳境。恰如灯下，故人万里，归来对影。口不能言，心下快活自省。"
（〔宋〕黄庭坚《品令·茶词》）

品武夷岩茶两种：瑞泉之"东方亮"；茶通天地之"王者归来"。

青竹翠翠，霞光映照朱竹红；香茗温温，幽篁显影茶汤彤……
品梧州中茶"60 周年纪念六堡大茶饼"。

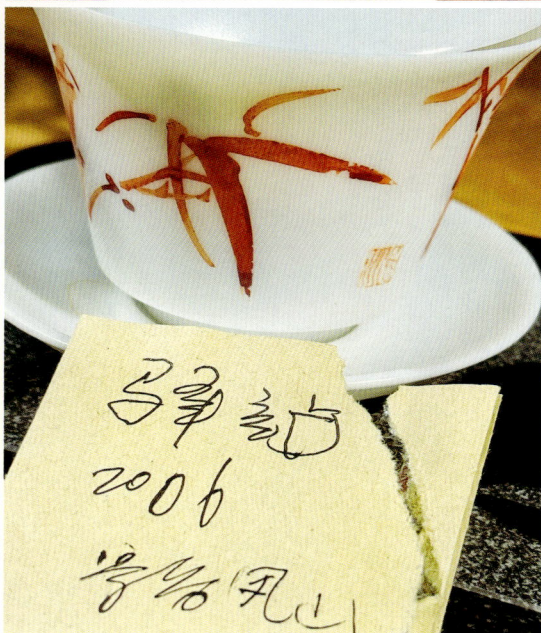

品 2006 年云南景谷凤山"驿站"生普饼。

槐
花
啜

｜美学语录｜

　　美不完全在外物，也不
完全在人心，它是心物婚媾后
所产生的婴儿。美感起于形象
的直觉。形象属物而却不完全
属于物，因为无我即无由见出
形象；直觉属我却又不完全属
于我，因为无物则直觉无从活
动。美之中要有人情也要有物
理，二者缺一都不能见出美。

——朱光潜

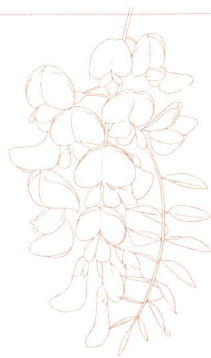

　　劳动者最光荣的节日，正值这棵大槐树繁花盛开，簇簇槐花，洁如白玉，人见人喜。一阵微风吹来淡淡的清香，沁人肺腑，不浓不腻，恰到暖人温馨的好处，吾不禁亲手持上几串，入口，甜甜蜜蜜。

　　独在茶台，品《槐花啜》。

啜花品茶 *2022 年燕子窠岩茶、普洱生茶熟茶饼四种、2011 年安化天尖茶等。*

295

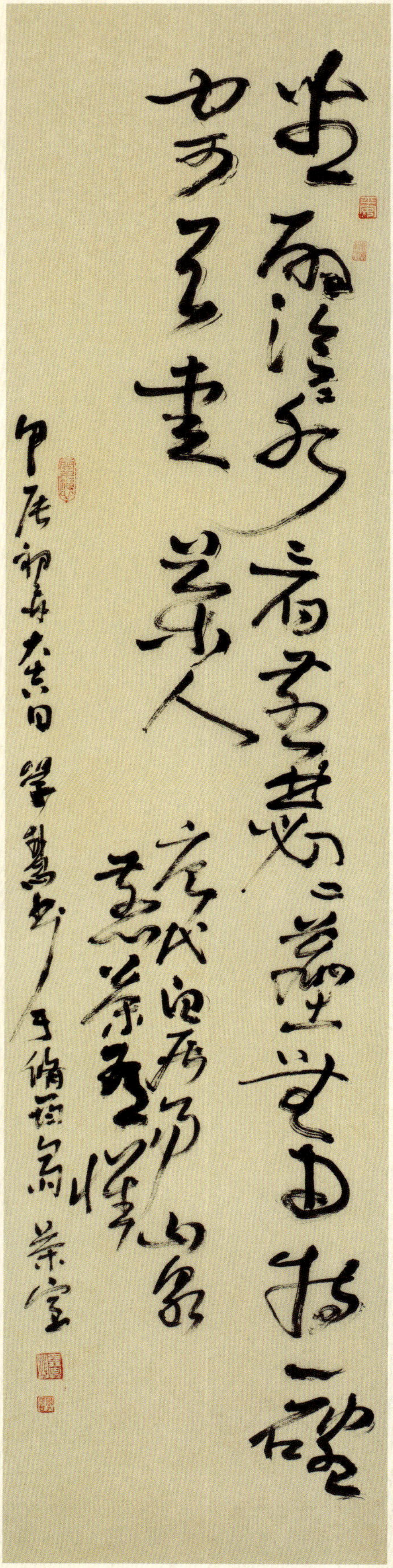

山雨濛濛

力事兰主画二茎

兰二茎好名

草兰人

客代自应为渺

山居惠兼王怪忘

甲辰初春大吉日

学书为之

于修竹居荣堂

品 2022 年武夷山"燕子窠"肉桂茶。

　　槐为豆科植物，落叶乔木。其树又分国槐与洋槐。本书所说槐花，即洋槐花。槐树花为多生花，盛开成簇状，重叠悬垂。常见黄色或黄白色，也有紫红色。北京5月槐花盛开，越到晚上阵阵甜香四溢，沁人肺腑。

　　槐花被历代医家视为"凉血要药"，槐树花可食用，体寒者及中老年人少食。

月夜下，品普洱生茶熟茶饼四种……

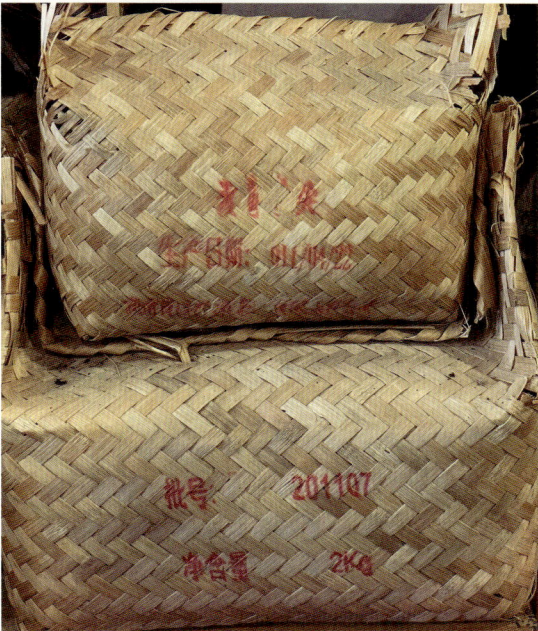

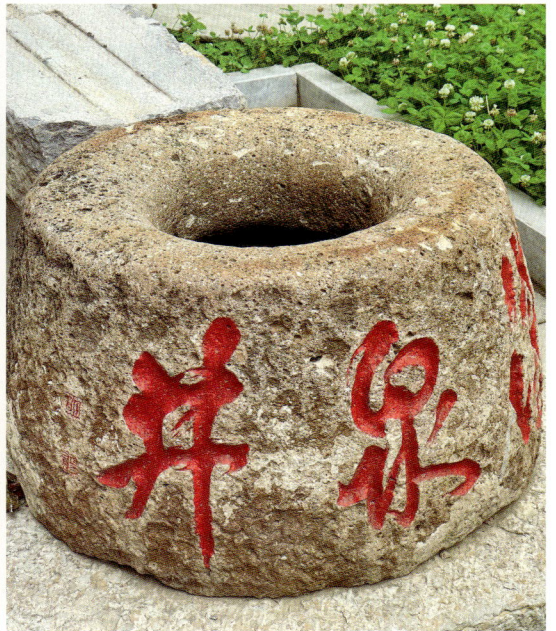

泉水煮 2011 年安化天尖茶。

翠
竹
啜

| 美学语录 |

美是丰富的生命在和谐的
形式中。

——宗白华

《诗经》云："瞻彼淇奥，绿竹青青。有匪君子，充耳琇莹，会弁如星。瑟兮僩兮，赫兮咺兮。有匪君子，终不可谖兮。"

游园，遇老柳树下小竹林，翠色有度，君子之风，自然姿色，妙哉！

回眸，感而画翠竹一幅（图片为局部），画后品《翠竹啜》。

啜花品茶 二十世纪九十年代出口英国六堡茶、2007 年南糯山生普坨（西藏存）、2018 年"金柳条岩茶"、2021 年"清神阁金奖大红袍"、日本建仁寺"金箔入桑香煎茶"等。

品二十世纪九十年代出口英国之六堡茶。

　　翠竹就是绿竹，竹代表着青春永驻，虚心灵空，高风亮节，竹报平安步步高。这里讲的翠竹是指国画花鸟画的画法，即用绿色颜色画竹。一般画竹有三种颜色：一种是绿颜色，称翠竹；另一种是朱砂色，称朱竹；还有一种是墨色，称墨竹。

　　《诗经·卫风·淇奥》：瞻彼淇奥，绿竹猗猗。有匪君子，如切如磋，如琢如磨。瑟兮僴兮，赫兮咺兮。有匪君子，终不可谖兮。瞻彼淇奥，绿竹青青。有匪君子，充耳琇莹，会弁如星。瑟兮僴兮，赫兮咺兮。有匪君子，终不可谖兮。瞻彼淇奥，绿竹如箦。有匪君子，如金如锡，如圭如璧。宽兮绰兮，猗重较兮。善戏谑兮，不为虐兮。

品 2007 年南糯山生普坨（西藏存）。

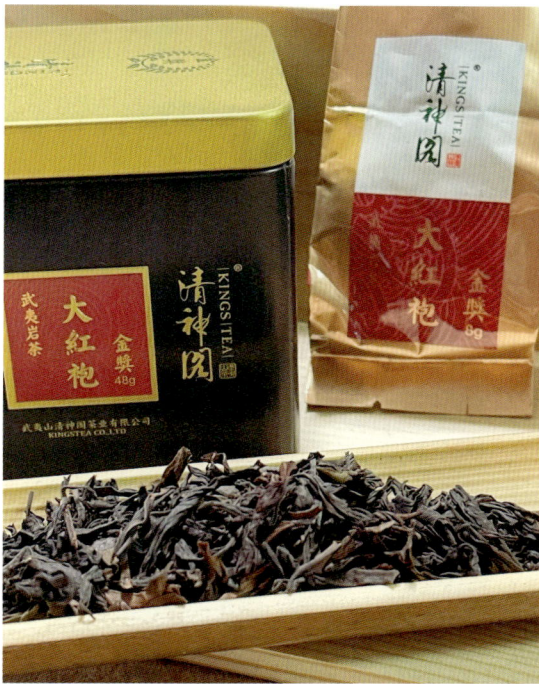

武夷岩茶全在"土地爷"神好，再加涅槃重生火凤凰妙（凤凰涅槃须浴火，大任降前苦难多。愿取青云为天阶，踏尽苍生对月酌）。

　　品 2018 年"金柳条岩茶"和 2021 年"清神阁金奖大红袍"。

对称之美

先秦时伍举论美时说：「天美也者，上下、内外、小大、远近皆无害焉，故曰美。」对称即是这样美的呈现，内外左右皆均匀妥帖，相互照应，和谐端庄。

Asiaray 雅仕维

品日本建仁寺的"金箔入桑香煎茶"。

宋代时，日本留学僧人荣西在天台山学习禅法，并将种茶和饮茶知识带回日本，故被尊为日本"茶祖"，他著的《吃茶养生记》被称为日本"茶经"，此书中将此"桑香煎茶"称为"桑药"，我国古时候的类似叫法为"神仙茶"。

雪
梅
啜

| 美学语录 |

美乃是作为无蔽的真理的
一种现身方式。

——[德] 海德格尔

回眸，立春后 2 月 13 日京城大雪。

踏雪观梅，梅花盛开，疏影，不负吾望……但见大雪飘飘，漫天，着衣有生，
丝丝入心，傲雪蜡梅，英雄本色！届时，品《雪梅啜》。

啜花
品茶
梧州中茶二十世纪八十年代"陈香似木"老六堡茶、2006 年下关沱茶、
1999 年 9 月广东国宾茶厂单丛、1953 年老川红等。

　　蜡梅，又称腊梅、雪梅、黄梅等，中国特有植物，原产华东、华中至秦岭长江以南、南岭以北，北达山东、河南和北京等地广大地区，在国外有引种。北宋时期就有蜡梅栽培，至今培育品种很多。梅花品种很多，有用杏树嫁接的，春天开花与杏花差别微妙，但与蜡梅不是同品种。

　　蜡梅花，其质如蜡，花黄而明亮，传暗香。近观似无活力，拍照下来精气神十足，也是惊艳的事，应该是蜡质感的原因。雪中蜡梅最娇美。书中蜡梅是北京西山冬天和初春时拍摄的。

　　自古以来，梅兰竹菊是感物喻志的象征，文人骚客吟咏和文人画中的最佳题材，世称"花中四君子"。

永定河北岸阳光充足，气象大……用不同杯子品"陈香似木"老六堡茶，陈香非同一般，其滋其味如天润其心，口感体感无所不到的喜悦感，真是太好喝了。

喝好茶需要缘分，缘分到了，不是人找茶，而是茶找人。在"璞叶轩"品 2006 年下关沱茶。

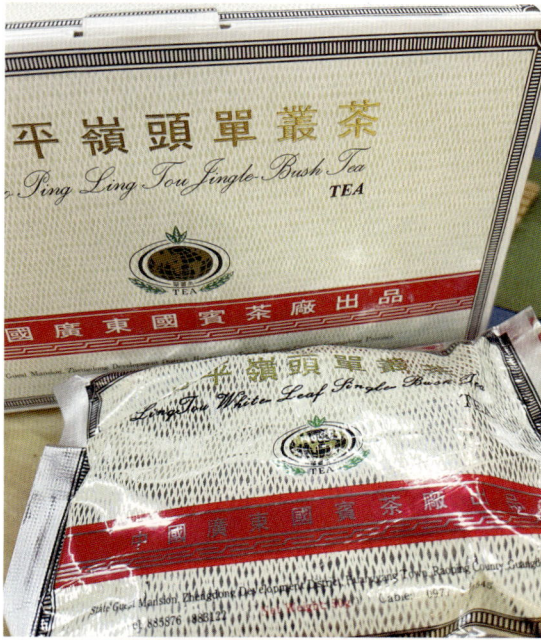

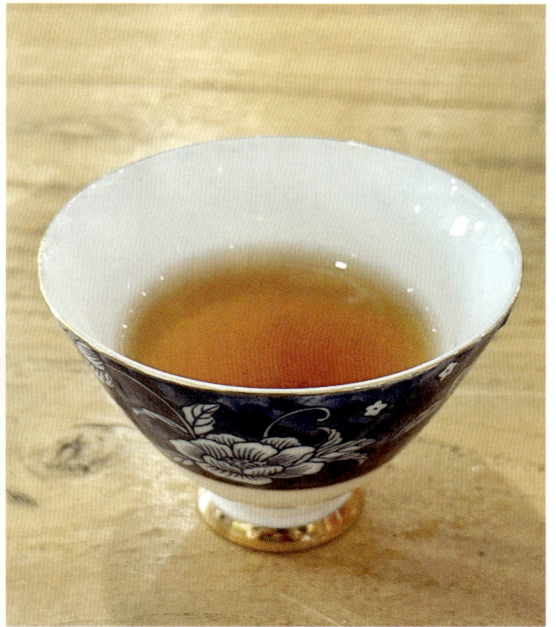

满天阴云，感觉又要下雨。品 1999 年 9 月广东国宾茶厂单丛和 1953 年的老川红。

有诗赞曰：非单丛不是单丛，一尘不染香到骨。老川红就是真老，姑射仙人风露身。

雪
竹
啜

回眸，2 月 15 日翠竹掩雪图。

品《雪竹啜》。

啜花
品茶　2013 年 "夷仁百岁红"、2019 年 "茶通天地百岁红"、2020 年刘国英制作 "岩上精品肉桂" 等。

　　雪竹，竹名，生长于海拔 3000 米左右雪山上，冬雪融化后长出竹条，曰笋条（竹笋）。其药性：凉血、润肺等。

　　这里说的雪竹，一是指冬雪中的竹子形态和景色。二是指画竹的一种形态和画法。

　　画雪竹，主要是经营位置，雪与竹的关系，也是黑白关系，画雪以留纸白为上，描白粉次之。画雪竹最难，要想画好需要打好画竹一般形态基础才行。画竹形态分风、雨、雪、雾、晴等等。

清風圖

甲辰春

學慧繪

品武夷山桐木关红茶两种：2019 年"茶通天地百岁红"、2013 年"夷仁百岁红"。正是："桐木山水百千树，生得奇种红甘露。"

"得慧堂"品 2020 年"刘国英制作岩上精品肉桂",叹曰:好肉好香好味道!

赞曰:岩上生灵叶,九曲十八丛。

迎春花啜

回眸，3 月 17 日迎春花开⋯⋯

品《迎春花啜》。

啜花品茶　2010 年江西红茶"宁红"、2010 年梧州中茶"上海世博会纪念方砖"六堡茶、2013 年云南凤庆"香竹箐"千年古树茶等。

品 2010 年江西红茶"宁红"。

　　迎春花，落叶灌木，丛生，是最常见花卉之一。迎春花栽培有千年历史。其花开在头年长出的枝条上，花后生叶，其花金黄秀丽，外染红晕，花期在 3 月左右。因其不畏寒，不择风土，春来花最早而得名，历来为人们所喜爱。

玩迎春花赠杨郎中

〔唐〕白居易

金英翠萼带春寒，黄色花中有几般？

凭君语向游人道，莫作蔓菁花眼看。

"中茶"商标持有人中国茶叶股份有限公司授权出品
Licensed by China Tea Co.,Ltd

六堡茶
LIU PAO TEA

庆祝2010上海世博会
展示中国悠久茶文化

梧州中茶茶业有限公司
China Tea (Wuzhou)Co.,Ltd.

天蓝绿色，空气质量好得霸道……

从雅昌艺术中心回来后，品 2010 年梧州中茶"上海世博会纪念方砖"六堡茶。

品 2013 年"一席堂"云南凤庆"香竹箐"千年古树茶……此香与味天下无双。

猫姐说猫弟：

　　金刚是个相遇之前就有名字的猫。自从家里第一任猫咪猫仔二十三岁走了以后，全家都十分难过。我每每想起，依然是顶着骄阳似火的大晴天，都抵挡不了的悲恸。猫仔见证了我从小学到工作，我已经习惯有猫的世界了。也因此在它之后，心心念念想捡到猫，甚至提前想好了名字和毛色，就这样，竟然有一天真的在大冬天人来人往的大街上如愿以偿！金刚和猫仔性格不能说一模一样，只可谓截然相反——爸妈形容"像山猫一样的""土匪"……嘱咐此猫要严格教育！但我想着淘气的小孩儿也需要有人理解，威严的形象迟迟没有建立，渐渐和猫有了默契，倒也其乐融融。另一位，呵呵，想要驯服猛兽，至今未果。我也只能帮他劝劝猫：金刚啊，两岁了哇，是大猫了噢，要爱好和平喔，能不能不要再整天飞来飞去追着哥哥打架报仇了哇？

2022 年 5 月

2

壬寅虎年四月初二日

23:06 来自 | 自在三吾微博

连翘花啜

　　回眸，3 月 30 日雨天，读茶书（《庚子春一日一茶》），举办《连翘花啜》，品今春龙井，滋味浓郁，香充满口，有鸣泉涌，现太和之气，朗朗上口。

啜花品茶 2022 年黄家龙井茶、2008 年 "蜜兰香" 等。

品 2022 年黄家龙井茶。

　　春来乍风，清透……喜有杭州"黄家龙井"，好山好茶，白种白采白制做，戴春而来……品立，香雅水醇，黄汤绿润，如饮龙泉水，吻春，风雅无比。

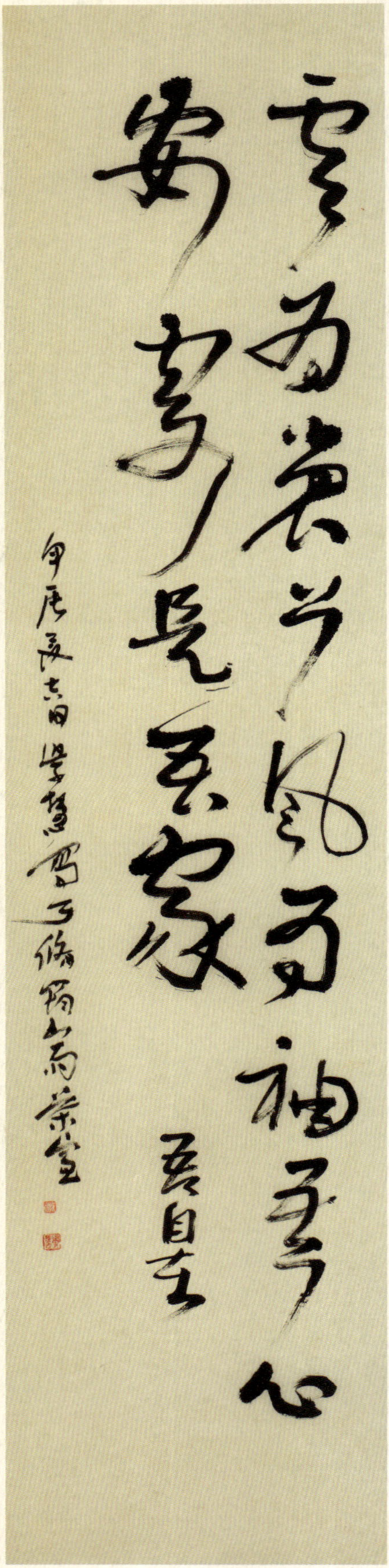

雲為裳兮風為馬，神子心兮安兮兮雲之家

庚辰長至日書懷寄工儀陽山房崇堂

雲自生

334

淄博花釉茶杯

　　"知止"，才能真正平平安安。妄想用一种药或一个方法，就能药到病除，是不可能的，就像品茶用水一样，不能总用一种水，那样是对身体不利的。"生老病死"谁也逃不过去，带病活着是人生常态，总而言之，方法不能长期"唯一"，吃药不能长期"唯一"，否则，就是生活的傻子。

薰风斋磁州窑执壶（汤提点）

　　《茶具图赞》中提到的煎水器是"汤提点"，即汤瓶。瓶是我国自古就有的一种器型。《礼器》上说它是"炊器"。古人多用瓶来和水打交道，比如取水、运水、储水、烧水。这种器型的特点是口小肚大，我们经常说"守口如瓶"，就是借以表达嘴巴要小、说话要少。汤瓶在唐代就已经出现，"茗瓶"顾名思义是用作茶事的瓶。《茶录》中写道："瓶要小者易候汤，又点茶注汤有准。"

连翘花，丛生，随迎春花开放后开花，也是花后长出鲜叶，花香清淡，满枝金黄，春时显得格外艳丽，其花期在 3 月左右，连翘可药用，易活，我国广为栽种。

连翘花具有指导人们成大器之寓意，给予人们美好之愿望；连翘花还代表永恒美好之向往，欣赏与入药俱佳。

品 2008 年"蜜兰香"单丛。

337

芍药花啜

| 美学语录 |

　　我们认为美是客观的，不是主观的；美的事物之所以美，是在于这事物本身，不在于我们的意识作用。但是客观的美是可以为我们的意识所反映，是可以引起我们的美感。而正确的美感的根源正是在于客观事物的美。

——蔡仪

《诗经》之《溱洧》讲芍药："维士与女，伊其相谑，赠之以勺药。"

古人云："牡丹为花王，芍药为王相。"

老话说："谷雨三朝看牡丹，立夏三朝看芍药。"

今早晨练时，忽然发现芍药花正开，纤丽巧密，润泽氤氲，红药如梦，迎夏而来。佳期，美不可言，品《芍药花啜》。

（啜花品茶）*2015 年正山堂"正山小种野茶"、1997 年瑞泉大红袍、2022 年"惟饮大白菜"和"惟饮牛肉"等。*

芍药，别名"花中宰相"等，芍药科芍药属多年生草本。芍药花瓣分单复花形，北京花期在5月前后，其花色艳丽，常见花色为粉、红、黄和复色等，原种花白色。

芍药花一般在牡丹花后开放，故常常和牡丹搭配种植，以增长观花时间。

诗经·郑风·溱洧（节选）

溱与洧，方涣涣兮。士与女，方秉蕳兮。女曰观乎？士曰既且，且往观乎？洧之外，洵讦且乐。维士与女，伊其相谑，赠之以勺药。

戏题阶前芍药

〔唐〕柳宗元

凡卉与时谢，妍华丽兹晨。欹红醉浓露，窈窕留余春。孤赏白日暮，暄风动摇频。夜窗蔼芳气，幽卧知相亲。愿致溱洧赠，悠悠南国人。

忙一天，一直到现在日头落山。品 2015 年正山堂"正山小种野茶"，享受中休息休息！

　　在"茶知己"竹林茶室，品 1991 年瑞泉大红袍，老韵纵横，香泉润玉，品者无不称奇，曰：难得的老岩茶。

品"惟饮"家的"珍香若水—白菜心"（武夷山慧苑坑竹窠岩之百年水仙），入口汤醇厚，苔藓味十足，丛香绕肺腑，悠然见坑岩，试问，这不是茗仙哪个是茗仙？（提示：泡茶壶为柴烧白瓷壶，茶杯为山明汝窑杯和钧瓷茶杯。）

品 2022 年"惟饮牛肉"。

其茶产自牛栏坑核心山场坑涧内之老树肉桂,品质辛锐,香似桂皮,山韵味显,浓醇清活,锐而浓长,清则幽远……好茶是也。

朱
竹
画
啜

华灯未上，月牙儿弯弯已在西边，清清澈澈。傍晚温暖安静，竹子枝头忽然一阵风来，沙沙有声，随风摇摆……清风明月，明月清风。

老竹叶金黄色，有感，提笔画朱竹几枝几叶，竹茶共享，品《朱竹画啜》。

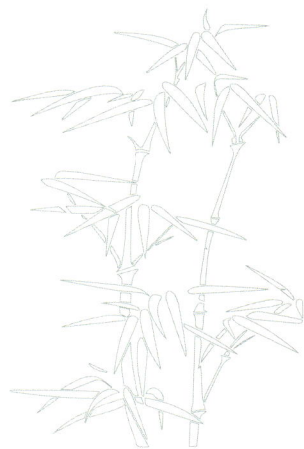

啜花
品茶

2012 年祁门红茶、二十世纪八十年代广云贡熟普散茶、2019 年曼松生普饼茶、福鼎"鼎白"2010 年白毫银针南仓（福鼎存）及北仓（北京存）等。

品 2012 年祁门红茶（东方国艺赠），透体香，不得了……

品二十世纪八十年代广云贡熟普散茶。

竹影　竹年色
戊戌仲夏
苦禅写

352

品 2019 年曼松生普饼茶。

品鉴福鼎"鼎白"2010 年白毫银针南仓（福鼎存）和北仓（北京存）的不同。

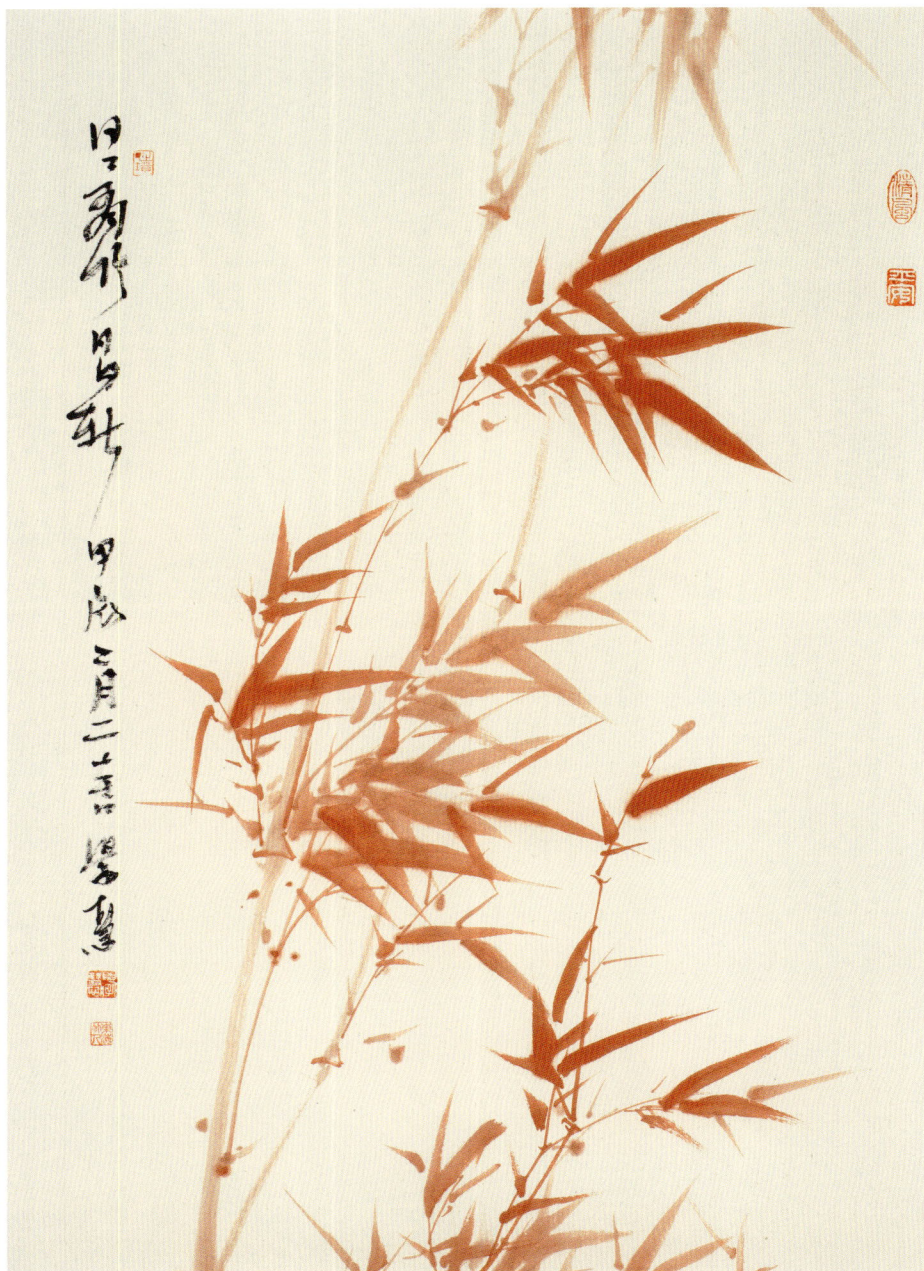

　　朱砂画竹，是竹画的一种类别和画法。

　　用朱砂画朱竹，染料虽然经过处理，但因朱砂含汞、铅等重金属成分，尤其汞挥发性强，故夏天作画须慎重，注意颜料质量，注意通风。

2022 年 5 月

4

壬寅虎年四月初四日

12:53 来自 | 自在三吾微博

兰花啜

| 美学语录 |

　　美不是物的自然属性，而是物的社会属性。美是社会生活中不依存于人的主观意识的客观现实的存在。

——李泽厚

"芝兰生于深谷，不以无人而不芳"，芝兰开于雅室，是以知己而留香。兰德，孔子云"当为王者香"。

今日五四青年节，品《兰花啜》。

啜花
品茶　大篓六堡茶，2010 年凤凰"芝兰香"单丛、2020 年信阳毛尖、黄山毛峰、"金山时雨"、二十世纪九十年代安徽祁门老安茶等。

品六堡大篓老茶。

品 2010 年凤凰"芝兰香"单丛。

　　兰花，属单子叶植物纲，兰科兰属植物的统称，附生或地生草本。在我国有两千余年的栽培历史。艺兰从春秋、魏晋、两宋到明清，一直发展至如今广泛栽培。

　　幽兰花开，不以人的意志而转移。其花色有白、白绿、黄绿、淡黄、淡黄褐、黄、红、青、紫等。传统兰花仅指分布在中国的地生兰，如春兰、寒兰等，统称中国兰。其兰叶细长，质朴文静、淡雅高洁，尤其博得文人的喜爱。兰喜阴怕阳光，喜湿忌干燥；喜肥，宜通风环境。一般家居不好养，我曾养殖多年就没看到再开花的，后来只好作罢。

　　兰与蕙不同，主要区别在前者是"单花"，后者是"多花"。兰花是高洁典雅的象征，兰美在幽香，其不以人的意志而转移，自在开放，"梅、兰、竹、菊"合称"四君子"。"兰章"比喻诗文之美，"兰交"比喻友谊之真。唐白居易《听幽兰》：琴中古曲是幽兰，为我殷勤更弄看。欲得身心俱静好，自弹不及听人弹。明刘伯温《题兰花图》：幽兰花，在空山，美人爱之不可见，裂素写之明窗间。幽兰花，何菲菲，世方被佩赞菉葹，我欲纫之充佩袆，裛裛独立众所非。幽兰花，为谁好，露冷风清香自老。清郑板桥《题画兰》：身在千山顶上头，突岩深缝妙香稠。 非无脚下浮云闹，来不相知去不留。

品 2020 年信阳毛尖（小旱茶之树种）。

小雨蒙蒙……

品安徽新茶黄山毛峰和"金山时雨"。

品二十世纪九十年代安徽祁门老安茶。

品北京中山公园"兰室"的兰花。

墨竹啜

　　夜深，人亦静，沏一壶淡淡香茶，喜悦感满了。执笔涂竹，是巨大的精神寄托，尽兴了……

　　今夜无眠，品《墨竹啜》。

（啜花品茶）二十世纪九十年代云南下关"牛心沱茶"、广西梧州"三鹤故事"（金花六堡、槟榔香六堡、陈香六堡三种）、二十世纪九十年代云南竹筒生茶"野生竹香"、武夷山古井老丛、2019 年刘国英"卧石品茗"（肉桂）等。

邯郸磁州窑（自画竹器）：茶壶、茶杯、茶罐。

景德镇画竹"青花瓶"。

品二十世纪九十年代云南下关"牛心沱茶"。

品广西梧州"三鹤故事"：金花六堡、槟榔香六堡、陈香六堡。

二十世纪九十年代云南竹筒生茶"野生竹香"。

京城乍暖，柳绿花红，春美未央……品武夷山"古井老丛"。其干茶即带纯苔岩味，即感喜悦。沏汤呷口，兰香入泉，馥郁醇厚；老丛纵横，甘醇透体。若再炭火烹煮，滋味最长，口感体感舒适，不由得心生欢喜，妙不可言矣。

宋代范仲淹《武夷茶歌》：年年春自东南来，建溪先暖冰微开。溪边奇茗冠天下，武夷仙人从古栽。

品名:"

山场: 主景区核心山

品 2019 年刘国英工作室"卧石读茗"
（肉桂）。

　　一品醇厚微辛味；二品百花有广韵；
三品蜜桃乳香显；四品见到大森林。

2022 年 5 月

5

壬寅虎年四月初五日

11:21 来自 | 自在三吾微博

玫瑰啜

今天立夏节气，北斗七星的斗柄指向东南方向。

诗曰："纷纷红紫已成尘，布谷声中夏今新。"春夏交替，"春花啜"也到了暂时"洗茶杯"时候。今特意找出几年前在景德镇画的"大写意竹茶罐"寻宝，随性可以畅饮了……

这里的玫瑰花开得稍晚些，因为是北京妙峰山品种，花媚香脆，一口入肚，浑身玛瑙透体笑，不一般就是不一般。

辞春入夏《玫瑰啜》。

啜花品茶 二十世纪七十年代"大马仓双星号"六堡茶、2008 年"自在三吾大红袍"、二十世纪八十年代农家槟榔香六堡茶等。

玫瑰花泡酒（五十三度汾酒）。

茶酒论："喝点茶很好！喝点酒也很好！喝完茶再喝酒不好！喝完酒再喝茶很不好！"

　　玫瑰，蔷薇目蔷薇科直立蔓延或攀援灌木，多数被有皮刺。叶互生，花单生；花有紫红色、黄色、粉色、白色和各种复色，一年一次或多次开花。据说在我国有五千年的生长历史。在北京一般是 5 月前后开放，书中玫瑰图片主要是自己种的北京门头沟妙峰山食用玫瑰品种。中国玫瑰一般是食用的品种，也就是国际上公认的传统玫瑰。

　　玫瑰在古今中外备受喜爱和推崇。玫瑰永恒不变的象征是爱、美、智慧和奉献等。在礼仪活动中，玫瑰不同颜色会有不同的含义，常有人说玫瑰有真有假，可能主要原因是在欧洲诸语言中蔷薇、玫瑰和月季常常使用同一个词，玫瑰花品种实际是多种蔷薇属植物与杂交玫瑰的合称。

　　《本草正文》讲："玫瑰花，清而不浊，和而不猛，柔肝醒胃，疏气活血，宣通窒滞而绝无辛温刚燥之弊，断推气分药之中，最有捷效而最驯良者，芳香诸品，殆无其匹。"明卢和在《食物本草》中讲："玫瑰花食之芳香甘美，令人神爽。"

260-007

SSHC PENANG
六堡茶

本茶产于广西梧州苍梧县，采摘高山春茶，
拣选幼嫩茗芽传统精制而成，
原身正质自七十年代收放，
其香、味、气、韵之醇化日臻完善，美哉。
其茶干隐隐有一股凉意，茶汤似琥珀剔透
浓稠若酒，汤质爽滑，水路很细，口感饱满，
入喉即化，槟榔味足，令人清神明智。

愿与天下嗜茶者共享之，
雪林茗居主人谨识

农历丁酉仲夏
重量：125克

京城东边有雪西边有晴，正是："百里不同风，十里不同雨（雪）。"品二十世纪七十年代"大马仓双星号"六堡茶，其香色味妙不可言，老茶观止。

清水河水清又清，优美的故事传到今。

听说北京海淀火器营的柳绿花开满天了，过来看看，顺便来喝喝茶……

日头出来以后，品 2008 年"自在三吾大红袍"，心里也是红彤彤的……一杯淡茶最微妙。

品二十世纪八十年代农家"槟榔香"六堡茶。

油菜花啜

北京的油菜花正黄，亲切，如此灿烂，开眼惊艳，吾之花啜福报也。虽是初夏，确实一派春天的味道，故再补于花之春啜之内。

随福而归，不得不品《油菜花啜》。

啜花品茶 *2014 年湖南"君山毛尖"（黄茶）、二十世纪九十年代湖南安化"老安红"、云南易武"天门山"生普饼、荣宝斋"名画"生普砖、2011 年生普小饼等。*

油菜花，网上谐音为"有才华"。

油菜，又名芸薹、寒菜、胡菜、薹芥等。油菜是十字花科植物油菜的嫩茎叶，原产我国，其颜色深绿，帮如白菜，属十字花科白菜变种。南北广为栽培。油菜有白梗和青梗两种。白梗菜苦而甜，青梗菜微苦。油菜是蔬菜中的佼佼者，含多种营养素，其中含有丰富的维生素C。油菜子油是优质的食用油。《本草纲目》说："芸薹：寒菜，胡菜，薹菜，油菜。此菜易起薹，须采其薹食，则分枝必多，故名芸薹；而淮人谓之薹芥，即今油菜，为其子可榨油也。"《食疗本草》说："芸薹，若先患腰膝，不可多食，必加极。又，极损阳气，发口疮，齿痛。又，能生腹中诸虫。道家特忌。"

北京大面积种植油菜花的地方不多，书中拍摄到的是北京海淀区中坞公园，油菜花成梯田种植，面积很大，这是个稀奇事，很多北京人都不知道，到过的无比惊艳。

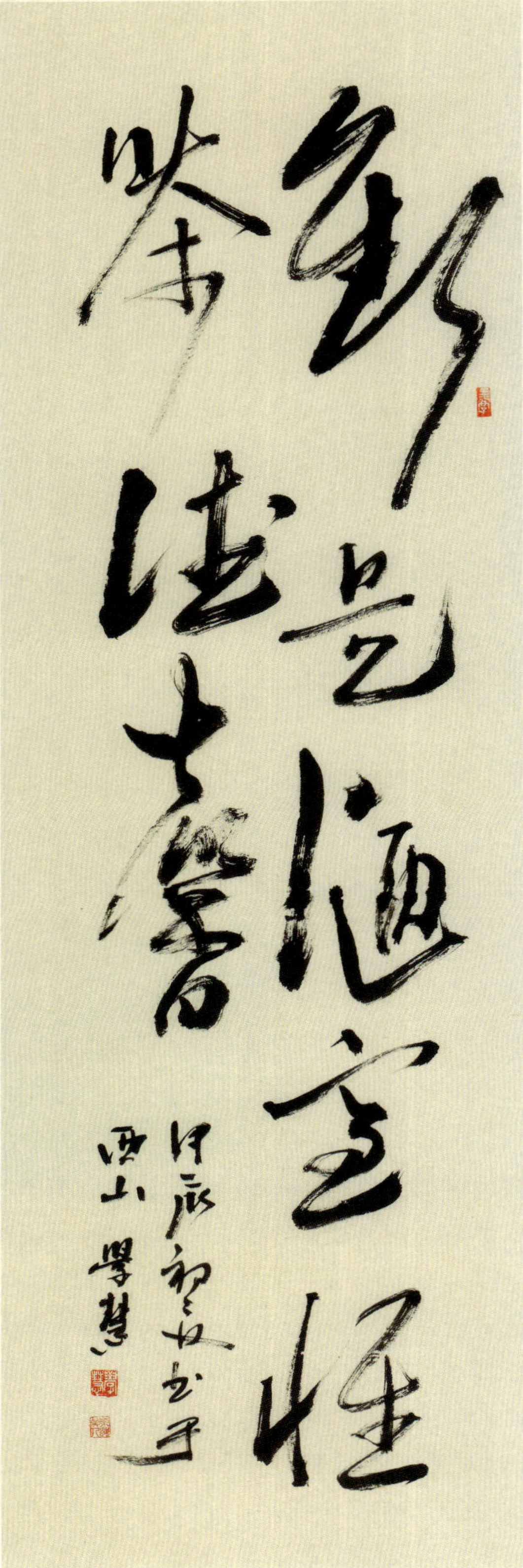

新邑通宵怪
吟茶远大�

甲辰初夏廿五write
西山學慧

正月里来有茶约，品 2014 年湖南"君山毛尖"（黄茶）。

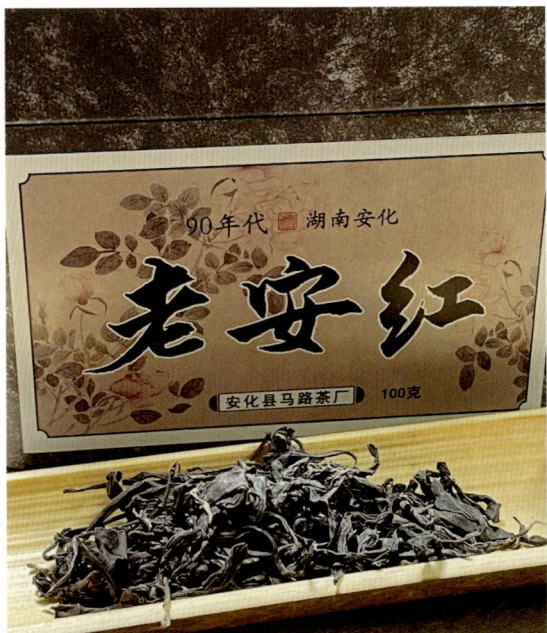

品二十世纪九十年代湖南安化"老安红"、云南易武"天门山"生普饼、荣宝斋"名画"生普砖、2011 年生普小饼。

飞龙

甲辰大吉 学慧书

2009 年于张天福先生家中。

春天时节，花像往年一样，依次开放，迎春花、连翘花、杏花……牡丹花、鸢尾花、马莲花、芍药花……如期而至，朵朵相呼应，争艳，就像有人刻意安排似的，其仪轨、次第好像永远都没有改变过。

疫情就像阴雨一样，连绵不断，哩哩啦啦，人们在不懈地抗争着……人类的脚步永远都不会停止，顺风顺水，或逆流而上，顽强前行。雨后彩虹已经出现……时有"居家"，故有闲情，纪实成书，无愧时光。

美是人幸福的源泉，是文学艺术乃至生活追求的真谛。

发现和享受美应该是生活的重要部分，就像来到大花园，你当然欣赏的是美丽花儿及其带来的喜悦和快乐，而不应该专门关注花枝下枯枝烂叶等丑陋的东西……"心达而险"和"记仇而博"的人是不可交的。

美是自然，就像禅一样，完全在心，这是美的生活观。"十全十美"只是期待，但我们的心永远是美的，永远追求美。

当下"吃茶去"，吃得"禅茶一味"，悟了"茶本无味"之究竟。看茶是茶，一盏香茗一瓢饮；看茶似茶；益思禅定可清心；看茶非茶，五蕴皆空般若现；看茶为茶，真我本色天地间。

这就是本书想表达的观点。

《花·春啜》是《庚子春一日一茶》的姊妹篇，只倾心于春花及美茗。

本书记录壬寅虎年三月初三至四月十二前后，共四十三啜，赏春花（春叶春果）等三十四种，啜茗百余种，"自在三吾茶宴"茶谱是也。

戚学慧

2024 年 2 月 2 日于修筠斋

图书在版编目（CIP）数据

花·春啜 / 戚学慧著. —— 北京：作家出版社.

2024. 9. —— ISBN 978-7-5212-3016-1

I. I267

中国国家版本馆 CIP 数据核字第 2024FG8583 号

花 · 春 啜

作　　者：戚学慧

责任编辑：韩　星

装帧设计：雅昌设计中心·董万奇

出版发行：作家出版社有限公司

社　　址：北京市农展馆南里 10 号

邮　　编：100125

电　　话：86-10-65067186（发行中心及邮购部）

　　　　　86-10-65004079（总编室）

E-mail:zuojia@zuojia.net.cn

http://www.zuojiachubanshe.com

印　　刷：北京雅昌艺术印刷有限公司

成品尺寸：190×260mm

字　　数：228 千

印　　张：25.25

版　　次：2024 年 9 月第 1 版

印　　次：2024 年 9 月第 1 次印刷

书　　号：ISBN　978-7-5212-3016-1

定　　价：222.00 元

作家版图书，版权所有，侵权必究。

作家版图书，印装错误可随时退换。